Orient

DU MÊME AUTEUR

PARLE-MOI DU TROISIÈME HOMME, Jacqueline Chambon, 2005.
LE MESSAGER D'ALGER, Jacqueline Chambon, 2006.
LE RAPPORT STEIN, Jacqueline Chambon, 2008 ; Babel n° 1412.
PARIS : SUITE 1940, Jacqueline Chambon, 2010.
LA VILLE D'AMBRE, Jacqueline Chambon, 2011.
DANS LA CITÉ ENGLOUTIE, Jacqueline Chambon, 2013.
LA VIE DIFFÉRENTE, éditions Do, 2016.
SOLSTICE, Jacqueline Chambon, 2016 (prix Laure-Bataillon 2017).
ROIS D'ALEXANDRIE, Jacqueline Chambon, 2018.
LE ROMAN DU SIÈCLE, éditions Do, 2021

Titre original :
Oriente
Éditeur original :
Penguin Random House Grupo Editorial, S.A.U., Barcelone

ISBN 978-2-330-16123-1

José Carlos Llop

Orient

roman traduit de l'espagnol
par Edmond Raillard

Chambon

I'm a spy in the house of love.

THE DOORS

I

ÉPIPHANIES

À quel moment devenons-nous les reporters de notre propre vie ? Je pense à ces journalistes attitrés ou free-lance qui bavardent et boivent à la terrasse d'un hôtel situé sur les hauteurs d'une ville en guerre, d'où l'on voit les flammes et les nuages de fumée produits par les missiles et les obus, d'où l'on entend les détonations en rafales des AK-47. Je pense à ce moment où notre vie est un champ de bataille et où la vision du présent déforme le passé. C'est l'heure de se mettre à écrire, en attendant que le jour se lève sur la ville et lui rende sa beauté, à la fois secrète et dévastée, et que revienne le calme nécessaire pour continuer à écrire.

Alors, la lumière du jour est comme la lumière du cou d'une femme aimée.

II

L'EXIL

Lorsqu'on est expulsé de soi-même tout en vivant dans un pays inventé – et la passion amoureuse est un pays inventé par le désir –, l'expulsion est double. D'une part, on doit abandonner son propre monde, celui qu'on a construit et par lequel on a été construit. D'autre part, la boussole qui permettait de s'aventurer en *terra incognita* se dérègle. Pour combien de temps, on ne sait, mais l'avarie perdure dans le nouvel état : l'aiguille aimantée cesse de reconnaître le nord, et le sud disparaît ; et la passion s'affaiblit en perdant sa nature secrète. L'infection du quotidien. L'amour est autiste – un autisme partagé à deux –, ou alors il mue. Et aucun homme marié, aucune femme mariée – pour utiliser la vieille formule, qui ne s'emploie plus aujourd'hui que sur le ton de la plaisanterie – ne tombe amoureux si son conjoint ne lui a pas laissé un espace libre où un autre amour peut s'inventer et trouver sa place. Aucun homme marié, aucune femme mariée, non, sauf tous et chacun des membres de ma famille, une famille dont je suis le dernier maillon ou fin de race, sans armoiries ni parchemin qui me rattache à aucune terre ou aucun manoir. Une fin de race sans racines, un homme déplacé.

Un homme déplacé : je pense à Ovide dans *Les Tristes*. Curieusement, ma thèse de doctorat portait sur le rapport de son exil dans le Pont-Euxin avec *L'Art d'aimer*. Je pense à Rilke, allant d'un château à un autre, d'une femme à une autre. Je pense à Jünger et à sa maîtresse, Sophie Ravoux, dont les noms multiples sont autant de masques pour une seule femme. Mais il est encore trop tôt pour passer de l'un à l'autre, même si l'esprit qui les unit est le même qui s'est emparé, je ne saurai jamais quand ni pourquoi, des membres de ma famille. Jusqu'à moi, qui suis stérile, comme cela a été démontré à plusieurs reprises. Et sans autre arbre généalogique que ce que je vais raconter dans ces pages.

Ma femme m'a mis à la porte. La phrase est vulgaire, mais le fait ne l'est pas. Ce ne peut pas l'être, car ma femme est tout le contraire d'une femme vulgaire, même dans les circonstances où les femmes se permettent d'être vulgaires. Il n'y a pas eu de cris, ni de scène ; une conversation brève et froide sur l'impossibilité de vivre avec un homme aux sentiments confus – ou trop précis et étrangers. Sur le besoin de savoir et aussi sur le besoin de ne pas savoir. Sur l'urgence de la disparition de l'intrus que j'étais devenu au cours des derniers mois. Un intrus à l'esprit, au cœur et au sexe ensorcelés par une autre femme et un autre paysage, différent du nôtre. Je me demande si le décret d'Auguste exilant Ovide était aussi précis. Ovide et *L'Art d'aimer*, un livre qui pourrait être le livre de la famille. De ma famille.

Je vis à présent dans un ancien couvent de moines bénédictins transformé en hôtel. Un hôtel sobre et austère, comme devaient l'être les moines qui vivaient ici il y a des siècles et qui ont perdu le bâtiment au moment du « désamortissement » de Mendizábal, en 1835, ou de Madoz, ou peut-être de Floridablanca, je ne sais plus à quelle date. Comme c'est la basse saison, nous ne sommes que deux pensionnaires ; le deuxième est un bibliophile anglais à la recherche de quelque chose que j'ignore. Je tue le temps en lisant de vieilles revues d'histoire et en contemplant depuis le toit en terrasse le vol capricieux – et leurs formes, encore plus capricieuses – des nuées d'étourneaux. Ensuite je retourne à mes revues : le mystère des chevaux et des cerfs peints dans les grottes de Lascaux, les trésors de la tombe d'un noble étrusque, la musique de Mozart pour des funérailles dans le rite maçonnique, l'architecture du XVIIIe, fruit du trafic d'esclaves en Europe…

L'ancien couvent est grand et froid. Derrière ses lourdes portes, il y a une cour avec des aspidistras et des clivias et, après une volée de marches, une galerie avec trois colonnes donnant sur une autre cour intérieure avec un potager et un jacaranda qui, au printemps, se transforme en coupole bleue. À proximité il y a la mer et, plus proches encore, presque à côté, les remparts de la ville. Quand je sors le matin pour me rendre à mon travail, j'emprunte une rue au bout de laquelle on voit la mer. Certains jours, lorsque je passe de cette rue à la promenade des remparts, un navire quitte le port avec l'allégresse de qui entame une nouvelle vie, ou au contraire entre au port, avec la lenteur précautionneuse des manœuvres en basses eaux. Comme qui rentre chez soi. Les lumières grises de l'aube, les réverbères qui s'éteignent, la mer sombre, le bateau allumé comme une lampe, les tours à terre et les cheminées en mer, la poupe de la cathédrale, un autre bateau, en pierre celui-ci, au-dessus de ma tête... La ville me protège et je me demande combien de temps je pourrai y vivre comme si je n'y vivais pas, éloigné de moi-même, je veux dire, et camouflé derrière quelqu'un qui est moi et qui n'est pas moi. Ovide, à Tomis, pensait-il quelque chose de semblable ? Lui, la ville ne le protégeait pas, une ville aussi étrangère que les gens qui l'entouraient. Le poète cultivé, ironique et raffiné, vivant au milieu des barbares, loin de Rome et de ceux qui l'avaient applaudi et qui maintenant restaient cois, craignant que la main d'Auguste ne les envoie en exil eux aussi. Dans le *limes* de Germanie, par exemple, ou de Bretagne, où il était courant de rencontrer son destin sous la forme d'une flèche empoisonnée.

Mon logement est une chambre avec un petit salon et une salle de bains à l'arrière. Dans ce salon, j'écris mon journal – rien ne reste si on n'écrit pas, et si on écrit rien n'est sûr – face à un balcon vitré qui donne sur la rue. Il y a des gravures avec des scènes de la cour du roi Darius et un grand miroir suspendu au-dessus d'un canapé flanqué de deux fauteuils, de style isabélin, tapissés de velours vert mousse. Une natte en sparte évoque un été passé, qui n'est plus que décoration. L'après-midi, quelqu'un joue de la guitare et entonne des *siguiriyas*. En bas, dans un demi-sous-sol de la même rue, loué à un *flamenco*.

L'étrangeté crée de curieux mirages. Quand je sors me promener, je ne regarde pas le visage, les jambes ou les fesses des jeunes femmes ; je regarde les couples qui vieillissent ensemble, la complicité de leurs gestes, ce que l'on regrette – j'imagine – au-delà du désir. Mais je ne regrette rien et le désir est toujours là, bien vivant, yin sans yang, yang sans yin, peu importe, parce qu'on ne tranche pas l'amour, on l'abandonne. Je l'ai déjà dit : être expulsé de toi-même, quand tu ne sais pas exactement qui tu es, c'est une double expulsion. Et si la famille est le destin, au moment où j'oublie les mécanismes de la séduction et contemple un futur incertain, je suis un traître à ce destin. Je cesse d'être un lecteur de *L'Art d'aimer* et je m'obstine à me comporter comme ce que je ne suis pas. C'est pourquoi je dois remonter aux miens. Me reconnaître dans cet arbre généalogique sans armoiries ni hauts faits, autres qu'amoureux, avec le plaisir et la douleur qu'ils comportent. De branche en branche, comme un bonobo, ces parents proches – les gorges d'Olduvaï, le chaînon manquant, tout cela – qui savent tant d'Éros et si peu de ses complications. Cela même qu'avait fait Ovide à Tomis : tenter de parvenir à l'origine du châtiment impérial.

1

J'ai dans les mains une des lettres que Sara Gorydz a envoyées à ma mère il y a vingt ans. Elle fait partie d'une série de documents, de photos et d'agendas annotés, y compris sur les pages de garde, qui se trouvaient dans son armoire. Dans une boîte à chaussures qui porte mon nom, écrit de sa main, cachée sous les manteaux de fourrure que lui offrait mon père. Ceux qui restaient. Il y a quelques mois, nous l'avons enterrée dans son village natal. « J'ai passé ma vie d'adulte dans des villes – m'a-t-elle dit quand elle a appris qu'elle était très malade –, j'ai connu les plus belles villes du monde et j'y ai été très heureuse, mais quand je mourrai je veux que vous m'enterriez dans le caveau de grand-mère, près des montagnes et face à la mer. J'ai assez bu de lumière électrique. » C'est ce qu'elle a dit : j'ai assez bu de lumière électrique.

La lettre de Sara Gorydz est écrite dans un castillan émaillé d'italianismes. Elle y parle de son mari, l'écrivain Paolo Zava, comme si son mari n'était pas son mari, mais le mari de ma mère. C'est le ton général.

Elle décrit sa vie avec lui à Positano, sur la côte amalfitaine. Leurs séjours à Naples, les années où elle a collaboré à *Il Gazzettino* et a travaillé pour le musée d'Herculanum. Elle lui parle – peu – de son fils, qui vit aux États-Unis et possède une ferme avicole. Et après avoir mentionné les années qu'elles ont passées ensemble après la Deuxième Guerre mondiale, elle lui demande d'aller les voir. Pas moi, dit-elle, Paolo. « Il est très malade (je ne crois pas qu'il lui reste six mois à vivre) et il ne parle que de toi. Rosa, s'il te plaît, viens. » C'est la dernière phrase de la lettre de Sara Gorydz, dont ma mère ne m'avait jamais parlé, sauf pour dire que c'était une journaliste polonaise qu'elle avait connue pendant la guerre, par l'intermédiaire de mon père, qui était aussi journaliste. Quant à Paolo Zava, j'ai toujours vu ses livres dans la bibliothèque de la salle à manger – des essais d'esthétique et d'histoire de l'art et les mémoires d'un collectionneur –, mais je n'ai jamais éprouvé la curiosité de les feuilleter. Ce n'étaient pas les seuls livres dédicacés à ma mère qu'il y avait à la maison.

À l'enterrement, il n'y avait pas de livres ; ni d'écrivains ; pas même de discours. Ni de prières. Elle n'a pas voulu. « S'il existe un au-delà et qu'on doit me pardonner pour ce que j'ai fait de mal, on le fera même si personne ne prie à mon enterrement. Et sinon, je ne crois pas que des prières dites par d'autres sans grande conviction servent à grand-chose. Peut-être même qu'ils ont oublié comment on prie. » Je me suis rappelé ce qu'elle racontait à propos de ma grand-mère, la dernière fois que celle-ci était allée se confesser. « À part voler et tuer, avait-elle dit au prêtre, mettez un peu de tout et donnez-moi l'absolution, révérend ; je ne suis qu'un être humain, et nous vivons dans une vallée de larmes qu'il faut égayer un peu, vous ne croyez pas ? » Le prêtre l'avait chassée du confessionnal et elle n'avait plus jamais mis les pieds dans une église.

Ma mère non plus ne fréquentait pas l'église et maintenant elle allait être pour toujours auprès de ma grand-mère, celle du « mettez un peu de tout », comme nous l'appelions dans la famille : « La grand-mère Mettez un Peu de Tout ». La sépulture était formée de six niches surmontées d'un petit toit et elle était située au fond du cimetière, contre les montagnes et tournant le dos à la mer. Mais d'où nous étions, les rares personnes à être là, nous pouvions voir la mer. Je suppose que c'est à cela que ma mère faisait allusion. Il avait neigé deux jours plus tôt et il restait des plaques de neige vierge sur les terrasses de culture et de la neige aussi sur les cimes de quelques oliviers. Les brebis étaient descendues jusqu'au mur du cimetière et la musique des grelots tandis qu'elles paissaient – pacifique, lente et tranquille – accompagna le cercueil de ma mère jusqu'à ce que la niche soit murée. Peut-être l'entendait-on aussi de l'intérieur et atténuait-elle le bruit que faisaient les fossoyeurs en projetant et en raclant le ciment. L'air sentait la fumée et le bois mouillé, une odeur qui est parfois celle du brouillard. Au fond, il y avait la mer.

Alors que je recevais les condoléances, j'ai pensé à la lettre de Sara Gorydz et j'ai aussi pensé à moi, amoureux d'une femme qui n'était pas ma femme et passant mes jours à la maison, à écrire sur Ovide dans son exil du Pont-Euxin et à inventer – à vrai dire, n'inventant rien, reproduisant – les vieilles excuses et les prétextes de l'amour secret pour passer certaines nuits dans l'appartement de Miriam.

Lorsque nous avons introduit le cercueil dans la niche, je me suis demandé si quelqu'un avait jamais aimé ma mère comme elle le méritait. Si nous mourons sans avoir été aimés comme nous le méritons, sans avoir aimé comme l'amour le mérite.

2

« Notre famille est une famille dédiée à l'amour, c'est-à-dire au désordre », ai-je entendu dire mon père, un soir, mais je n'ai jamais su à qui il parlait ce soir-là.

Lui, bien entendu, il était voué à ce désordre. Au désordre de l'amour et de la vie en général, avec ses fameuses lois de l'entropie. Le seul ordre qu'il exigeait et qu'il exigeait de lui-même était purement formel : les vêtements, les gestes et la table. Le reste lui importait peu, à commencer par sa propre personne (il ne s'est jamais pris très au sérieux, dans aucun domaine). Presque tous les soirs, après le dîner, il disparaissait sous un prétexte quelconque : une invitation au théâtre, le bouclage d'un journal, une réunion clandestine. L'essence de mon père oscillait entre la clandestinité et le désordre. S'il avait été un leader politique, il se serait fait arrêter au bout de deux jours. Comme sa politique était l'art de la séduction, ce à quoi il s'exposait de pire, c'était les coups de poing d'un mari jaloux.

Derrière son penchant pour le désordre amoureux, il y avait une recherche. Il croyait que les femmes gardaient en elles le secret du pardon des fautes. De toutes les fautes – propres ou héritées – qui empêchent un homme de devenir ce qu'il aurait pu être. Qu'elles, les femmes, étaient une espèce de station thermale où soigner ses échecs, le lieu où ces échecs tombaient dans un gouffre – celui que l'amour ouvre sous vos pieds – et disparaissaient pour se changer en quelque chose de supérieur. Il y avait une sorte de quête métaphysique de l'inatteignable dans ses actes amoureux. Elles témoignaient de son existence, mais il fallait chercher, l'une après l'autre, la gardienne de ce secret, ou se contenter – comme il le faisait, sans doute cyniquement – de multiples fragments de celui-ci, avant de réussir à le recomposer dans sa plénitude, à partir de lambeaux. Chacun de ces fragments, chacun de ces lambeaux, était une femme différente, qu'il finissait par fuir, insatisfait.

Dans le fond, mon père se cherchait lui-même à travers elles – un vice narcissique très masculin – et il était de ce genre d'homme qui ne sait jamais comment est la femme qui est à ses côtés, même s'il partage avec elle sa vie et son lit. Un de ces hommes qui, si on leur demandait à la fin de leur vie – je ne l'ai pas fait – comment était chacune des femmes dont ils ont cru être aimés – même si ce n'était qu'une ou deux nuits et autant de dîners dans des restaurants de luxe –, ne sauraient que répondre, au-delà de la description physique – et pour cela c'était un artiste baroque, un Titien des détails –, quelques phrases prononcées ou quelques lieux fréquentés. Avec une plus grande richesse dans la description des lieux que des phrases. Tous les hommes échappent à la mort en aimant quelqu'un ; lui, il n'oubliait jamais que c'était impossible. Comme s'il trouvait aussi le visage de la mort dans leur visage à elles, lorsqu'il était en proie aux contractions de l'orgasme.

« Notre famille est une famille dédiée à l'amour, c'est-à-dire au désordre », avait-il dit. Et un après-midi, alors que nous écoutions l'ouverture de *Tannhäuser* à la radio – c'est mon père qui a fait mon éducation musicale –, il a ajouté une nouvelle pièce au puzzle chaotique de ma vie sentimentale. C'est-à-dire de ma mauvaise éducation aux affects. « Je suis ainsi, m'a-t-il dit tout en se déplaçant dans la pièce en agitant les mains comme s'il dirigeait l'orchestre ; ta mère aussi était ainsi (et je n'oserais pas affirmer qu'elle ne l'est pas encore aujourd'hui) ; c'est pour cela que nous nous sommes mariés. Je ne me suis jamais autant amusé que lorsque nous avons commencé à nous fréquenter et à sortir ensemble. Je n'ai jamais été autant moi-même. Je n'ai jamais trouvé de femme meilleure qu'elle ; mais même comme ça, tout prend fin dans l'amour, y compris l'amour. C'est le prix de sa merveilleuse existence, tu t'en apercevras un jour. »

Ma mère, le soir, à cette époque, je la voyais toujours en train de lire. L'après-midi, elle jouait au bridge, mais j'ai eu beau le lui demander, elle ne m'a jamais appris à jouer (quand tu te raseras, disait-elle, mais ce ne fut pas le cas). Deux ou trois ans plus tard, ils se sont séparés. Ou plutôt : il s'est séparé de ma mère ; elle, je crois qu'elle ne l'aurait jamais fait, même si elle avait cessé de l'aimer. Alors, ma mère a commencé à appeler mon père « mon défunt mari » et, quand elle s'adressait à moi, « ton défunt père ». Parfois, quand elle était avec ses amies de toujours, elle l'appelait « le défunt », tout court. Elle a fait cela dès le jour où mon père nous a abandonnés, si on peut le dire de cette façon. Depuis le jour où il est parti de la maison, et pas pour acheter des cigarettes. Mon père ne fumait pas, mais il poursuivait sa quête inlassable de l'Autre Partie. Il ne l'a jamais abandonnée, cette quête, et cela, on peut vraiment le dire de cette façon.

C'est de cette époque – ou peut-être que je confonds et qu'ils étaient encore ensemble, mon père et elle (il est difficile de préciser quand ils ont cessé de l'être ou s'ils ont jamais cessé de l'être, même après qu'ils se sont séparés et qu'il a acquis la qualité de défunt tout en étant en vie) – que date la lettre de Sara Gorydz.

3

J'ai entendu dire une fois – seulement une – que pendant la guerre mondiale, à l'ambassade, mon père dirigeait le service d'espionnage. Ou tout au moins que c'était lui qui envoyait les rapports à Madrid. Naturellement, les journalistes – ce qu'était mon père – adorent informer – dénoncer, accuser ou passer sous silence – et être informés – ils possèdent des réseaux d'informateurs (qui souvent les utilisent pour leur propre bénéfice) et toutes sortes de mouchards, quand ils ne le deviennent pas eux-mêmes. Si bien qu'il est fréquent, dans des situations difficiles ou tendues, qu'ils se consacrent à ce qu'ils ont toujours fait dans leur vie professionnelle, mais de façon exacerbée. Le journalisme est une métaphore publique du goût du genre humain pour le commérage, dans la vie sociale aussi bien que dans la culture, qui est sa sublimation dans le monde. Proust peut se résumer au commérage. Comme Saint-Simon, son prédécesseur. Ou Catulle et Martial, pour remonter plus loin. Sans parler de Suétone, qui devrait être leur saint patron.

Pendant la guerre civile, il y avait des chroniqueurs qui annonçaient, dans les journaux, qui allait être exécuté au petit matin, donnant les noms et plaisantant ensuite, comme si ce que leurs mots cachaient, ce n'était pas le crime lui-même. Ils montraient du doigt. « X a besoin de prendre l'air ; il va falloir lui faire faire une promenade », et X savait que ce qu'il pouvait faire de mieux, c'était se cacher, et que même comme ça ils finiraient par le trouver. Nommer, désigner, c'est aussi tuer : ça l'est toujours, même de façon fragmentaire. En temps de paix, c'est une question de pouvoir – aussi petit soit-il – qui structure cette pulsion. Et là, peu importe le mensonge – on le croit dès qu'il est formulé – ou la dissimulation, même avec les intimes. Tout ce qui compte, ce sont les intérêts de chacun et la satisfaction de sa propre misère, et ce qui ne cadre pas ou fait de l'ombre, on le passe sous silence, on l'écarte, on le déforme ou on le travestit. Et ensuite on nomme et on désigne. La générosité n'a pas sa place.

C'est curieux, parce qu'on peut dire beaucoup de choses de mon père, hormis que ce n'était pas un homme généreux. Il l'a toujours été, sauf lorsqu'il s'est agi d'offrir la partie de sa vie qu'un père doit offrir à ses enfants pour qu'ils soient meilleurs que lui. Quand j'ai entendu cette histoire d'espionnage, j'ai pris contact avec une amie qui travaille aux Affaires étrangères, aux archives, plus précisément. En Espagne, la plupart des archivistes publics sont des femmes. « Est-ce que tu pourrais chercher le dossier de mon père, celui de 1944, sur l'autre rive du

Danube ? », lui ai-je dit. À la maison, nous parlions toujours de l'autre rive du Danube comme du *limes* romain. Mais aussi comme d'un endroit où ils (mes parents) avaient vécu leur vie avec une intensité qu'ils n'avaient plus jamais ressentie. Jamais. Et cela était perceptible dans leur façon de détourner les conversations portant sur l'autre rive du Danube. De les détourner et de passer à autre chose. Mais pas dans leur enthousiasme à raconter telle ou telle anecdote, évoquant la cavalerie magyare, le caviar mangé à la cuiller, les charrettes bariolées des Gitans ou la neige tombant sur Istanbul. Cet enthousiasme était un enthousiasme bridé, chose curieuse, comme je l'ai pensé des années plus tôt, dans une famille vouée au désordre, c'est-à-dire à l'amour.

Quelques jours plus tard, mon amie me dit qu'il ne restait pas grand-chose du dossier de mon père. Comme si quelqu'un l'avait vidé auparavant, me dit-elle. Il y avait quelques photos de lui, d'autres prises par lui – des paysages, des recoins de villes, plusieurs vitrines… – et six ou sept rapports sur la progression des troupes soviétiques, à feu et à sang, ou la brutalité des Allemands et des collabos fascistes, au milieu des préparatifs de résistance et de retraite. L'un de ces rapports consistait en un numéro de téléphone écrit au crayon, répété de façon obsessionnelle. Et des initiales : S. G. C'était le seul papier qui ne portait pas le timbre de la censure, avec l'indication que sa publication n'était pas autorisée. Je lui ai demandé de me donner ce numéro de téléphone et je l'ai noté. « Je ne peux rien te dire d'autre, me dit mon amie ; il faut attendre trois ans pour que les dossiers de cette époque puissent être consultés. Si quelqu'un apprend que nous en avons parlé, je suis morte », dit-elle en riant, à l'autre bout du fil.

4

Grand-mère Mettez un Peu de Tout et son mari partirent vivre en Guinée. Je ne peux pas dire que grand-père soit parti travailler, parce qu'il a dû travailler très peu. Inspecteur des Postes ou des Douanes, c'était à peu près la charge qu'on lui avait offerte – parce qu'on la lui avait offerte comme une prébende – pour qu'il s'en aille et puisse faire fortune dans le caoutchouc ou l'acajou, ou les deux à la fois. Il n'a pas fait fortune, mais ils sont revenus avec plus d'argent qu'ils n'en avaient en partant. « Nous voulions vivre comme les Anglais au Kenya, dit ma grand-mère. Mais cela manquait de classe. L'Espagne a perdu la classe parce qu'elle n'a pas eu de XVIIIe siècle, et cela se voit tellement que nous en sommes les premières victimes, nous, les Espagnols. Avec une aristocratie qui n'a pas voulu céder un pouce de terrain, sauf lorsqu'elle y a été obligée du fait de sa propre inertie, avec un des pires clergés d'Europe, servile envers le seigneur et despotique envers le peuple, où veux-tu qu'on aille, mon petit ? Eh bien c'est pareil dans les colonies. Pareil :

seuls les Belges, au Congo, ont fait pire que nous en Guinée. »

C'est ce que disait grand-mère Mettez un Peu de Tout tandis que mon père fumait un havane et somnolait, un verre de cognac à la main, au risque de tomber (le verre) en traçant une parabole alcoolisée sur le tapis. Mon père se fichait royalement de la Guinée et il n'a jamais aimé, que je sache, les femmes à la peau noire. Comme il se fichait totalement de ce que l'Espagne avait fait ou n'avait pas fait dans la Guinée de mes grands-parents ou à partir du XVIIe siècle. Il avait vécu la meilleure époque – l'entre-deux-guerres, la Deuxième Guerre mondiale – au meilleur endroit – d'une ambassade à une autre. Alors si son pays n'avait pas su faire les choses comme il faut, mon père ne l'avait guère remarqué. En tout cas, il n'en avait pas souffert, bien au contraire : il en avait tiré le meilleur parti qu'on pouvait en tirer à ce moment-là. Ma mère, qui était née en Guinée, entrait dans ce « meilleur parti » et la complicité de mon père avec sa belle-mère se trouvait dans la musique. Grand-mère Mettez un Peu de Tout aimait l'opéra italien ; mon père, l'opéra baroque. Et aucun des deux ne supportait Wagner. Un nazi, disait grand-mère ; suprêmement rasoir, disait mon père. Seules ses ouvertures – et sur ce point ils étaient d'accord – semblaient dictées par Dieu, affirmait grand-mère ; d'où, sans doute, sa vanité, ajoutait mon père.

Avant qu'il se marie avec ma mère, grand-mère Mettez un Peu de Tout l'avait prévenu : « Avec le nom que tu portes, tu descends peut-être des huguenots, mais il me faut te dire que non seulement tu dois bien traiter ma fille, mais que tu ne dois jamais oublier ça : la liturgie catholique dit (et les culs-bénits qui nous gouvernent en sont ravis) que le mariage doit durer jusqu'à ce que la mort nous sépare. Comprends bien que ce n'est pas de la mort naturelle dont il s'agit, il est impossible que le christianisme prononce cette peine. Il s'agit de la mort de l'amour : jusqu'à ce que la mort de l'amour nous sépare, devrait-on dire lors de la cérémonie matrimoniale. Mais comment parler d'amour aux curés, qui sont le comble de l'égoïsme. Enfin, je ne vais pas me mettre à faire de la théologie, mon cher gendre, mais je te demande un peu ; si le futur, c'est le paradis, la mort devrait nous réunir, en fin de compte. Donc, ce n'est pas cette mort ; c'est celle de l'amour, qui est beaucoup plus fragile et bref que la vie... »

Grand-mère Mettez un Peu de Tout, depuis qu'elle avait été expulsée du confessionnal, sautait sur toutes les occasions pour manifester son hétérodoxie. « La critique, toujours de l'intérieur, disait-elle, c'est la seule façon qu'elle serve à quelque chose, mais dans ce pays de sectaires... »

J'ai toujours pensé que mon père avait pris au sérieux les mots de ma grand-mère. Il les a vécus à sa façon, mais il les a pris en compte. Et il a fait tout son possible pour ne pas se séparer. De ses autres amours, il n'a laissé aucun prendre assez de force pour le séparer de sa femme. Jusqu'à ce qu'elle n'en puisse plus et que lui, il file de la maison. Aux trousses d'une danseuse, a-t-on dit, de la Compagnie de ballet de Moscou.

Je n'ai jamais su s'il en avait été ainsi ou pas, mais les cartes postales qu'il m'envoyait avaient des timbres communistes et les tampons étaient en caractères cyrilliques.

5

La tromperie est-elle essentielle dans l'adultère ? N'est-ce pas la vérité – celle de l'amour –, ce qui s'impose avec une force démesurée ? Et cette force introduit le désordre dans la vie quotidienne et celle-ci se défend en l'accusant de mensonge et de tromperie. Ceux qui accusent l'amour d'être fallacieux et irréel, une invention des troubadours, un délire des romantiques, un malheur qui s'est abattu sur la maison et la famille, ceux-là ne sont qu'à moitié dans le vrai. Ils agissent selon les commandements de l'ordre nécessaire pour survivre. Vivre, c'est autre chose, et cela devrait être très différent de survivre : il faut savoir partir.

Selon les agendas cachés dans l'armoire de ma mère, Sara Gorydz a aimé mon père pendant les mois où elle et Paolo Zava sont tombés amoureux. À partir de là, tout a changé entre eux deux. Ils n'ont pas su partir. La guerre s'est achevée et elle aussi bien que lui ont commencé à vivre une solitude différente. Chacun de son côté, comme s'ils avaient dynamité tous les ponts qui les reliaient. Cela les a conduits à d'autres façons de vivre l'amour sans se livrer – ni l'un à l'autre, ni aux autres – et sans que l'amour demeure. C'est à cette époque, qui a été interminable et qui définit les parents que j'ai eus, c'est à cette époque que je suis né.

J'ai grandi sans rien savoir de Sara Gorydz. Je ne peux pas en dire autant des traces – bouquets de fleurs, appels téléphoniques au petit matin, disparitions soudaines, sourdes disputes d'alcôve, billets d'avion, jours de silence, cravates… – des maîtresses de mon père. Mais il y avait aussi de la joie et des rires et des changements d'humeur favorables et une complicité installée entre eux qui semblait être le fruit de pactes secrets entre deux nations alliées. Tout cela – d'un extrême à l'autre – a influé sur ma façon de comprendre l'amour, et pas vraiment de façon négative ; c'est plutôt le contraire. Si la fragilité engendre souvent de la force, l'instabilité amoureuse, avec ses multiples variations, est une école de vie, mais aussi une école d'infidélité : elle la suscite et crée des défenses contre elle. Cela dit, jusqu'à quel point cette succession d'infidélités ne contribuait-elle pas à les maintenir unis ? Les années passant, j'en suis venu à penser qu'ils se racontaient leurs histoires, lui à elle et vice-versa, comme Shéhérazade contait ses récits au sultan : pour empêcher ou retarder la mort. Dans le cas de mes parents, celle de leur couple. Et que cette manie de raconter l'amour illicite, que leur récit transformait en un élément de leur relation – s'appropriant par la parole tel ou tel épisode furtif –, a été à l'origine de ce qui me pousserait, moi aussi, à la narration.

Narration sur les autres, et seulement ensuite sur moi-même.

Sur Sara Gorydz. Sur mes parents. Sur Ovide à Tomis, par exemple, en fin de course. Je n'ai jamais cru, contrairement à mes collègues de la faculté, que l'empereur ait exilé Ovide pour des raisons politiques. J'ai toujours pensé – et c'est ce que j'écrirais par la suite – que ce qui était le plus évident était le plus probable. Depuis *L'Art d'aimer* – ou son éloge de la conquête adultérine à une époque de moralisation de la vie publique – jusqu'aux différentes possibilités érotico-amoureuses : la contemplation de l'impératrice Livie au bain, nue – comme Suzanne et les vieillards ou Gygès et la femme de Candaule, ou l'épouse du général Urie, Bethsabée, et le roi David, sauf qu'Ovide n'était pas vieux et qu'il n'avait pas été invité à la contempler et celui qui régnait était le tout-puissant Auguste. Ou l'irruption du poète en pleine fornication entre l'empereur et sa fille Julie – une vision fortuite et plus scatologique, par son caractère incestueux, que la vision de Livia nue – et, plus scandaleux encore, son rôle d'entremetteur et de voyeur de l'adultère de la petite Julia, petite-fille d'Auguste. Quoi qu'il en soit, Publius Ovidius Naso avait mis son nez dans trop d'affaires privées du palais, et pardon pour le jeu de mots trop facile.

Imbibé de Catulle et de Martial, de Tibulle et de Juvénal, j'ai opté pour les trois causes à la fois – récidive obstinée du poète d'Éros à faire déborder la coupe de l'auguste patience – et leur dénouement logique à Tomis, terre de barbares et *limes* de l'empire. Tomis était l'envers de la Rome raffinée qui adorait Ovide et ses *Métamorphoses*, jusqu'à ce que vienne la condamnation à l'exil et par conséquent à la dissimulation, au silence et à l'oubli. Le pouvoir, dans la vie, a toujours le dernier mot et seul le temps peut le lui ravir, quand cela est devenu inutile à ses victimes.

Tout cela – Ovide, Sara, mes parents –, je l'ai écrit pour ne pas parler de moi-même et, ne le faisant pas, le faire quand même. S'écrire à travers les autres, comme si leurs vies leur étaient arrivées seulement pour que je me regarde en elles et pour qu'elles soient écrites par moi. Tel est l'héritage de la littérature, telle est la tradition de l'écrivain. Mais je ne suis pas écrivain, seulement un transcripteur, un simple témoin de je ne sais trop quoi.

Ou c'était ce que j'étais avant que Miriam apparaisse.

6

Je me suis souvenu des mots de mon père quand je suis allé le voir à la clinique. Il avait un cancer du côlon et il était en phase terminale, branché à une bouteille d'oxygène : « Dans les derniers temps, m'a-t-il dit, quand nous dormions ensemble, ta mère se tenait au bord du lit, le plus loin possible de moi. Je me levais tôt et, après m'être douché et rasé, je revenais dans la chambre et je la trouvais de mon côté du lit, couchée sur le ventre et enlaçant mon oreiller ou le sien. Cela se passait, je précise bien, uniquement quand elle dormait, jamais quand elle était éveillée. En état de veille, elle a toujours gardé les formes, comme j'aime que l'on fasse, et certains soirs nous nous endormions enlacés. Mais une fois endormie elle m'échappait pour se sauver et il est facile d'imaginer ce qu'aurait dit le docteur Freud, ou n'importe lequel de ces charlatans qui interprètent le langage corporel, je crois que c'est comme ça qu'on dit maintenant, dans les entretiens d'embauche.

Mais nous n'avons jamais cessé de coucher ensemble, ça non. Au lit, je l'ai toujours amusée. Il y avait une musique complice, pour ainsi dire, entre nos corps. Et quand nous avions fini, elle riait ; elle riait toujours. Comme une façon de remercier son propre corps, la nature, Dieu, ou je ne sais qui. Mais elle riait et moi je me délectais de ce rire, plus que de ses gémissements ou de ses cris. Jusqu'à ce que le rire aussi soit faussé ; il n'a pas disparu, il s'est fêlé. Il y avait un fond de désespoir en elle, proche du déséquilibre. Et cela m'a fait peur. Tu as payé les pots cassés, mais je ne pouvais pas rester : nous nous faisions trop de mal. »

Une musique complice... Ce qui est sûr, c'est qu'il doit exister un accord secret entre les corps qui sont restés ensemble si longtemps et qui se sont aimés et détestés comme, uniquement dans le mariage, ils s'aiment et se détestent. Deux mois après la mort de mon père, ma mère est tombée malade. De la même maladie : le cancer. Elle n'est pas vraiment tombée malade : on l'a découvert quand il était trop tard. Avec le cancer, c'est toujours trop tard ; ça l'est avant et ça l'est après. Mais dans le cas de ma mère, les métastases s'étaient emparées d'elle, d'abord sans laisser de trace, jusqu'au jour où elle s'est effondrée dans la rue en proie à un malaise soudain, et le lendemain le médecin – qui était son cousin et aussi le neveu de grand-mère Mettez un Peu de Tout – et moi, nous avons installé une chambre médicalisée à la maison. Près de la véranda qui donnait sur le jardin. « Je ne veux pas mourir à l'hôpital, avait-elle toujours dit, et toi tu veilleras à ce qu'on respecte ma volonté. Les gens doivent mourir chez eux et les animaux aussi, je t'assure. Entourés des leurs et avec une infirmière pour s'occuper des soins médicaux. Moi, je n'ai que toi ; la vie que j'ai eue a été dissipée par la lumière électrique. Il y a eu de tout, mais en fin de compte surtout du bon. Maintenant, il ne me reste qu'à passer de mon mieux ce dernier moment. »

Le dernier moment a duré un mois et c'est elle qui m'a aidé à le passer de la meilleure façon possible.

7

Sous les photos et les documents de la boîte cachée dans l'armoire de ma mère, avec les lettres de Sara Gorydz, il y en avait une autre, adressée à je ne sais qui. Plutôt qu'une lettre, c'était une copie à la machine et au papier carbone, écrite par ma mère. Sans signature et interrompue de façon capricieuse. Je veux dire que j'aurais pu en lire encore cent pages et, si ces pages avaient existé, il est probable que je ne serais pas en train de faire ce récit. Elle aurait tout raconté elle-même : la voix de la mère est notre première voix et, disait Proust, la voix où nous cherchons l'approbation de notre écriture. Ou de notre vie, ce qui revient au même.

« Un fleuve aux eaux abondantes traversait la ville et d'un côté il y avait l'Orient et de l'autre l'Occident, qui sont deux façons différentes d'aimer. D'un côté les coupoles en forme de bulbes et les lumineux bains romains ; de l'autre, les minarets et les sombres bains turcs. Les transbordeurs sillonnaient les eaux cuivrées du fleuve dans de longs crépuscules et également ses eaux bleues quand le soleil se levait et que les profils de la ville resplendissaient, comme si quelqu'un avait allumé la lumière.

Quand j'étais au lit avec mon mari, j'entendais les cloches de la basilique, et quand j'étais avec mon amant, les appels du muezzin. Quand j'étais seule, je n'entendais que ma respiration et cette respiration était celle que l'un et l'autre buvaient quand nous faisions l'amour, et aussi ce qui s'alimentait d'eux quand je restais seule du côté de l'Occident. Du côté de l'Orient, je n'étais jamais seule.

Mon mari s'appelait Hugo et était journaliste. Mon amant s'appelait Paolo et était écrivain. L'un et l'autre avaient un poste diplomatique au sein de leur ambassade. La ville était belle et le monde était en guerre.

On dit que la guerre excite les sens et pousse les émotions au paroxysme, comme l'amour. C'est possible : la guerre fournit des décors et des atmosphères propices à toutes sortes de passions, mais moi, alors, j'étais amoureuse, et il n'y a pas meilleure atmosphère ou meilleure ville – en guerre ou pas – que celle où l'on vit quand on est amoureux.

Mon mari était attaché de presse. Il passait son temps dans les cafés, avec leurs hautes baies vitrées, leurs samovars en argent et leurs verrières à motifs floraux. Il n'avait pas beaucoup de travail et du peu qu'il fournissait, très peu de nouvelles étaient publiées. La censure était encore rigoureuse et à Madrid personne ne voulait entendre parler des échecs de nos alliés (la guerre commençait à décliner). On ne voulait pas qu'on en parle. La vie était un rideau de pluie et ce qu'il y avait de l'autre côté, il fallait le deviner. Quant à lui, je l'ai toujours aimé, mais il a fini par se transformer en une sorte de frère, aîné ou cadet, je ne sais pas, ce genre de frères qui oscillent entre le despotisme et la canaillerie. Le temps allait finir par nous séparer, même si nous sommes tous victimes de nous-même et non des autres.

J'ai rencontré Paolo à un cocktail à l'ambassade d'Italie, tout juste arrivée de Paris, d'un de ces voyages par lesquels mon mari compensait certaines de ses infidélités. Il en aurait épargné, des voyages à Paris et des manteaux de fourrure, des lévriers russes (et même un bracelet Cartier), s'il avait su que je ne les ai jamais considérées comme des infidélités. Et puis ça ne me dérangeait pas de coucher avec quiconque me plaisait, bien au contraire. Et ses velléités – toujours prêt à changer de maîtresse comme on change de chaussettes – étaient une sorte d'autorisation ou de sauf-conduit avec lequel je traversais toutes les frontières, sans avoir à donner d'explications à la douane. Par besoin, par caprice ou par jeu. Avec Paolo, ce fut différent. Je suis tombée amoureuse de Paolo.

Avant que nos alliés battent en retraite, il y eut le temps des listes. J'adorais les listes. Depuis toute petite. Les listes des courses que faisait ma mère et qu'elle gardait ensuite entre les pages de son journal. Les listes que j'ai commencé à dresser à l'adolescence – parties du corps qui me paraissaient particulièrement intéressantes, espèces de papillons, objets d'une pièce, morceaux de musique qui me plaisaient… J'adorais les listes jusqu'à ce qu'arrive le temps des listes, et à partir de ce moment je les ai eues en horreur. Les listes peuvent être terribles et renfermer toute l'abjection du genre humain.

Le nom de Sara Gorydz s'est trouvé sur toutes ces listes dès le premier instant. Sara Gorydz, Varsovie, 1922, journaliste (transfert).

Au début, mon mari faisait confiance à l'ambassade, mais comme Sara était polonaise, l'ambassade d'Espagne ne pouvait rien. Si elle avait été turque, portugaise ou marocaine, on aurait toujours pu arguer de ses racines sépharades, mais comme elle était polonaise… Et personne ne pouvait se fier aux faussaires : ils étaient tous à la solde des services de contre-espionnage et leur réputation de mouchards était sans tache.

Alors, Hugo m'a demandé la chose la plus inattendue qu'il pouvait me demander.

– Tu dois convaincre Paolo de se marier avec Sara et qu'ils partent tous les deux d'ici, m'a-t-il dit. Pour toujours.

Moi, je ne savais même pas qu'il soupçonnait ma relation avec Paolo Zava. Je n'ai jamais été de celles qui crient sur les toits leurs infidélités ; même à cette époque, où je dansais sur la frontière entre la fin du monde et la naissance d'un monde nouveau, je n'ai jamais été comme ça. Il savait que je lui étais infidèle – et pas toujours, occupé qu'il était à ses aventures –, mais jamais avec qui. Je ne sais pas si nous l'aurions supporté : ni lui, ni moi.

– C'est la seule façon de la sauver, ajouta Hugo. Mariée à un fasciste italien, ami, de surcroît, du comte

Ciano, c'est le meilleur sauf-conduit que nous puissions obtenir, crois-moi. Juive, polonaise et journaliste… Ce serait un miracle qu'elle arrive à partir d'ici et Paolo est la clef de cette prison qui est chaque jour pire et qui va devenir terrible. Déjà les hyènes rient en plein jour : l'heure du festin approche. »

8

J'ai eu du mal à le trouver et de plus il avait changé. Il habitait à la Barceloneta. Il portait des chemises à fleurs, s'était teint les cheveux couleur acajou et il m'a semblé qu'il se mettait du rose aux lèvres et aux joues. Mais il avait toujours sa voix de rogomme caractéristique, qui m'avait frappé, alors qu'il était beaucoup plus jeune et que j'étais un enfant, lorsque mon père me l'avait présenté au journal : Octavio. Tout court. Octavio était chef d'édition et si un changement de dernière minute était nécessaire il fallait passer par lui. C'était aussi un grand amateur de corps de location et j'ai toujours pensé qu'il accompagnait mon père, à l'occasion, dans ses virées nocturnes.

– Ton pèrre était un samourraï de la chatte, mon garçon.

Il a dit ça en savourant chaque syllabe. J'ai regardé la mer. Maintenant, il tenait un troquet face à la plage et il se déplaçait entre les tables en s'appuyant sur une canne. Il avait grossi. Ou plutôt, son corps s'était désorganisé, prenant des directions insolites qui rendaient ses pas instables. En effet, il avait changé. Il ne se cachait plus et regardait les garçons ouvertement, surtout les plus musclés.

– Ton pèrre était un samourraï de la chatte, tu peux me crroire. Le nombrre de fois que je l'ai accompagné dans les barrs et les claques, le nombrre de femmes qu'il a tenues dans ses brras. Je me souviens de lui, maintenant, assis sur un lit rrond (le couvrre-lit était en satin bleu turrquoise, un peu taché, les taches d'Érros), les mains pleines de poudre de cocaïne et trrois femmes qui l'enlaçaient parr ici et parr là, tu vois ce que je veux dirre, et lui avec le nez poudrré comme un enfant qui a mis son nez dans un gâteau, et sourriant comme un enfant. Il aimait mettrre le nez dans tous les gâteaux. Le nez et le rreste. Et quoi d'autrre… Il était tellement heurreux, dans son parradis à lui, comme si rrien d'autrre n'existait : un perrsonnach', ton pèrre. Je l'ai beaucoup aimé et on s'est bien amusés ensemble. Je connaissais des endrroits spéciaux et il se rrégalait dans ces endrroits. Il se rrégalait, ton pèrre… Et son rrirre, tellement masculin… Ce rrirre, ça voulait tout dirre… Et les femmes en étaient folles… Folles de ce type, tellement distingué, tellement séduisant. Un samourraï de la chaatte, mon petit…

Octavio n'était pas russe, ni arménien, ni turc, ni rien de ce genre. Il parlait comme ça parce qu'il trouvait que ça faisait sophistiqué. Il avait inventé une façon de parler qui le caractérisait et qui le plaçait, il en était convaincu, au-dessus des autres. Une langue avec des accents étrangers qui le rendait singulier ;

comme si sa façon d'être ne suffisait pas : trouble, compliquée, excentrique, disait ma mère.

– Et génerreux, avec ça… Trrès génerreux. Tous les manteaux de fourrurre qu'il a pu offrrirr… Le meilleurr…

Et, après m'avoir examiné attentivement :

– Mais toutes les rraces s'éteignent, le destin naturrel de n'imporrte quelle famille, c'est le naufrrage, mon petit. Et pourrtant, ta mèrre était une vrraie daame… Quant à cette Sarra… Quel nom, déjà ? Moorritz, Loorring, Boorriff… ? Ah oui, Goorrydz… Ton pèrre n'en a jamais dit un seul mot. Il n'a jaamais parrlé de cette femme, mon petit. Peut-êtrre qu'elle n'était pas aussi imporrtante que tu crrois…

Et Octavio n'a rien dit de plus. Il a pris sur la table un éventail orné de motifs chinois et a commencé à s'éventer en silence. La sueur avait trempé sa chemise et perlait sur son visage, qui avait l'air d'être fait d'argile molle. Le rose de ses joues coulait et ses lèvres tremblaient, comme s'il avait fait un grand effort. Ses cheveux humides étaient collés sur ses tempes. « Rraúl ! » Et le mulâtre aux yeux verts qui servait au comptoir s'est approché en souriant : il ne manquait que les maracas. Mais ce sourire n'était pas aimable, c'était une démonstration possessive d'intimité et de pouvoir, un secret de Polichinelle, aussi vieux que l'humanité.

– Tu ne ferras jaamais payer ce geentleman. Il peut venirr autant qu'il veut, il serra toujourrs invité. Trraite-le comme un membrre de la famille, ce geentleman.

Et j'ai eu l'impression que le mot gentleman était une apostille au mot samouraï. Comme une toute petite note en bas de page, dans un corps de caractère minuscule. Temps morts.

9

« Je n'ai jamais su si Venise était une ville pour l'amour ou pour la douleur. Si elle célèbre la vie ou si elle est un masque élégant de la mort. Si elle est faite pour la mélancolie – ce dont je suis convaincu – et, si j'ai raison, pour quelles formes de mélancolie, car elles sont nombreuses et différentes. Je sais que Venise n'est pas une ville pour la joie, même si beaucoup de gens le croient. C'est pourquoi je me demande si elle est faite pour une chose ou pour l'autre. En fin de compte, l'amour est la seule façon respectable de se pencher sur sa propre mort.

Il est trop facile de dire que Venise est la ville de la beauté. De quelle beauté parlons-nous ? De celle de la place Saint-Marc ou de celle des marches de marbre sale, léchées pendant des années par l'eau, les lichens marins et les poissons morts ? De la beauté qui sent bon ou de la beauté qui sent mauvais ? D'un corps à aimer, exultant et plein, à la respiration agitée, ou d'un corps aimé jusqu'à l'exténuation, gourd et imbibé de ses propres humeurs ? Dans les hôtels, nous en savons beaucoup sur ce sujet. Nous les voyons arriver et nous les voyons partir : un catalogue de promesses rompues, de désirs frustrés, d'espoirs vains... Mais la vie continue et les amoureux continuent de venir à Venise, la ville des vents coulis les plus glacés de l'Europe occidentale.

Toute ma vie, j'ai comparé les clients d'hôtel à des animaux. Un hôtel – et la vie en général –, c'est un traité de zoologie, même si certains ne seront jamais, dans le temps qui leur a été offert, que de simples spécimens botaniques. J'ai l'habitude de les cataloguer au moment où ils passent la porte à tambour. La dame ocelot ou le gentleman héron. L'homme bison et la femme boa constrictor. Le jeune homme renard et la fille mante religieuse. La quintessence de la physiognomonie de Lavater. Elle, c'était une grue du Japon voletant au-dessus de la neige et lui un saumon, épuisé par l'effort, qui revient mourir là où il est né et où il a été heureux. Cet endroit, ce n'était pas Venise ; cet endroit, c'était elle.

Une femme peut être une ville, l'estuaire d'un fleuve, une baie ou une jungle ; il suffit d'avoir une âme d'explorateur. En fin de compte, qu'est-ce qu'un amant sinon un explorateur en reconnaissance dans une *terra incognita* et un géographe qui dessine et baptise les accidents orographiques ? Venise est l'enluminure de tout cela : une carte enluminée est plus belle que la simple gravure en noir et blanc. La vie est généralement en noir et blanc. Passée par Venise, elle s'éclaire et acquiert des couleurs jamais vues auparavant. Comme la peinture. Elle, elle n'avait pas besoin de Venise, mais lui, il croyait que seule Venise la méritait. C'est pourquoi ils sont venus à l'hôtel. C'est pourquoi ils sortaient le matin pour se rendre à l'Accademia ou aller voir les Carpaccio de la maison des Schiavoni, près du siège de l'ordre de Malte, ou se promener sur les *fondamente* et les *zattere*. Avant de sortir, ils me demandaient de leur réserver une table à l'Antica Locanda Montin. Et là, il y avait le poète nord-américain, celui qui avait été mis en cage à la fin de la guerre, et sa femme, Mme Olga, dont on disait qu'elle était un peu sorcière et qui ensuite est venue vivre ici. Ils allaient y déjeuner tous les jours et l'Américain se fâchait, tellement jaloux, s'il croyait qu'un client la regardait plus qu'il n'aurait fallu. Contrairement à M. Zava, fier de se promener avec madame et de l'exhiber, fier de vivre et d'avoir été gratifié de sa compagnie, du simple fait d'être et de l'avoir connue… L'amour se détecte, comme le désir. C'étaient des temps difficiles, mais ils le sont tous. Notre seul problème dans la vie, c'est le temps, et son pluriel peut si facilement nous achever… J'ai survécu à ces temps et, croyez-moi, cela n'a pas été facile ; je venais de l'avant-dernière grande époque vénitienne, celle de Marcel Proust et de Fortuny, de Cléo de Mérode et de Liane de Pougy, celle des grandes-duchesses russes et de M. Mahler, le solitaire. Supporter tous ces fantoches à la tête de mort en argent, vêtus de noir, avec leur dague à la ceinture, c'était pire que supporter la morgue des officiers autrichiens au Quadri, me disait mon grand-père… Moi, je suis du Florian, vous savez. Et le Florian, c'est une amulette qui résiste à tout. Vous êtes très jeune, mais je vois que vous aussi vous aimez ses petits guéridons de marbre, ses peintures orientalistes, son caractère de refuge luxueux dans les soirées d'hiver glaciales… Oui, vous aussi vous auriez été du Florian. Pas les Autrichiens. Comme si son esthétisme n'avait rien à voir avec eux. Le Quadri est très beau, plus cartésien ou, pour les Autrichiens, plus kantien. Mais Venise, la meilleure synthèse entre l'Orient et l'Occident, c'est le Florian… Votre mère était comme le Florian et M. Zava le savait ; ça aussi, ça se détecte, comme l'amour et le désir. Je me les rappelle parfaitement, entrant dans le café quand la brume tombe sur la place Saint-Marc et que nous, les Vénitiens, nous nous changeons en fantômes, oui, comme vous, maintenant, qui êtes le fantôme de votre mère et c'est pourquoi vous la cherchez dans mes paroles et dans les endroits où elle a été heureuse et vous ne vous demandez pas ce qu'il y a de vrai, ni dans mes paroles ni dans Venise. »

10

Ma mère emplissait la maison de voix différentes et dans ces voix se manifestait une représentation lumineuse du monde. Quand nous l'entendions, nous savions toujours, mon père et moi, qui elle avait rencontré dans la rue, qui elle était allée voir sans avoir besoin de la présence de mon père, sur qui elle ne comptait guère – et ne pouvait guère compter – pour certaines choses. Elle ne nous donnait jamais de nom, mais en rapportant la conversation, elle modulait sa voix de telle façon que la personne en question apparaissait devant nos yeux comme par magie.

Ma mère portait en elle tous les personnages de la commedia dell'arte. Ma mère portait en elle toutes les voix de la ville où elle était née et elle était généreuse avec elles, car elle les ornait de vocabulaire et d'expressions amusantes, pour leur donner un statut de personnages et susciter notre curiosité. L'essence était dans le ton, et elle ajoutait la mise en scène. Mon père riait, mais il écoutait attentivement, et moi je la regardais, étonné de sa virtuosité vocale, à la fois théâtrale et naturelle.

Quand j'y pense, maintenant que tellement de temps est passé, je vois ma mère faire de notre maison un jardin. Avec ces voix que sa voix recréait, elle remplissait la maison de fleurs, comme, à Versailles, Louis XIV avait rempli le séjour de la reine agonisante de haies, de massifs, de petits cyprès coniques et de parterres de gazon piqués de freesias et de jacinthes, afin de mettre le jardin à portée de sa main et qu'elle puisse non seulement le respirer, mais aussi le toucher en tendant le bras. Sauf que chez nous personne n'agonisait, et c'était impossible avec la gaieté que ma mère rapportait de la rue, comme on apporte des fruits, du café et des légumes, ou des denrées exotiques, importées de l'autre côté de l'Atlantique ou de la route de la soie. Quand elle n'était pas là, la maison avait une autre lumière, plus amortie, et le silence dominait les espaces et les choses et mon père et moi savions que nous étions vivants, mais il y avait des moments où on aurait dit que nous ne l'étions pas. C'était à ces moments-là qu'il bouclait son ceinturon – c'est ce qu'il disait : « Manuel, je boucle mon ceinturon et je m'en vais, tu le diras à ta mère » – et disparaissait pendant quelques jours. Maintenant, je sais qu'il partait en quête de la vie qu'il n'était pas capable d'avoir à la maison sans elle, d'un rire accompagné de jolies jambes et de talons hauts. Et que les retards de ma mère n'étaient pas aussi innocents que l'impression que j'en avais, tellement j'y étais habitué.

Quand ils se sont séparés, mon père m'a dit : « J'ai toujours été terrorisé par ces couples qui n'ont plus rien à se dire, rien d'autre que des banalités et des choses en rapport avec l'argent et leur intérêt commun. Ils ne font pas seulement peur ; ils sont paralysés, congelés dans le temps, attendant la mort, cette mort qu'ils ont déjà à l'intérieur. Ta mère et moi, nous n'avons jamais été comme ça, mais la suspicion et la menace de l'ennui qui en découle (quand il ne s'agit pas de choses pires) risquent bien de nous conduire à ce résultat. C'est pourquoi nous avons décidé de prendre la poudre d'escampette – mon père avait l'habitude d'intercaler ce genre d'expressions, boucler son ceinturon, prendre la poudre d'escampette, qui n'avaient rien de commun avec la façon dont on parlait à la maison, au milieu de ses monologues les plus sérieux – et de partir chacun de son côté. Je ne pense pas que ça durera très longtemps, mais il faudra que tu aies un peu de patience. » Mon père se trompait. Sûr de ses atouts de séducteur, il se trompait ; le silence de ma mère montrait qu'il l'avait déjà perdue, qu'elle vivait déjà ailleurs, même si elle vivait avec nous et faisait semblant qu'il ne se passait rien alors qu'elle laissait tout passer, d'où la peur de mon père d'une paralysie infinie qui les enfermerait tous les deux dans le silence d'un mausolée.

Des années plus tard, j'ai compris que je cherchais dans la littérature les voix que ma mère rapportait à la maison : en lisant ses lettres, j'ai entendu à nouveau ces voix, cette fois avec des sons étrangers, étranges, venus d'un monde que je n'ai jamais connu et que je ne connaîtrai jamais. Et que, dans mon histoire avec Miriam, j'ai trouvé la seule voix que ma mère taisait quand elle arrivait à la maison. Celle que mon père cherchait parmi les autres, à la dérobée, tandis qu'il riait en l'écoutant, et derrière ce rire il cachait une curiosité non dite et l'inquiétude du bien-fondé de ses soupçons. Le fantôme de Paolo Zava et, en lui, l'ombre de Sara Gorydz, j'aime à le croire, ou le roman que je ne pourrai jamais écrire.

Le sujet ? Grand-mère Mettez un Peu de Tout avait voulu qu'après son bac ma mère fasse un an d'études à l'étranger et elle avait choisi Rome : « Histoire, beauté et religion, parce que même si je ne crois pas aux curés, c'est indispensable pour vraiment savoir qui nous sommes, avait répondu Grand-mère Mettez un Peu de Tout quand mon grand-père avait suggéré Paris. Et plutôt que l'ordre cartésien, mon cher, je préfère l'ordre classique, avait-elle ajouté. L'autre, celui qui conduit toujours au désordre, elle le cherchera elle-même, tu ne crois pas ? » Mon grand-père, qui aimait tellement Paris, savait qu'il était inutile de discuter avec ma grand-mère et y avait renoncé depuis des années. « Eh bien n'en parlons plus. Ce sera Rome, c'est décidé », avait-il dit pour dire quelque chose, tandis qu'elle quittait la pièce en souriant. « Oui : Rome empêchera que Paris triomphe dans sa vie », avait ajouté ma grand-mère, le dos tourné, en franchissant le vitrage multicolore qui séparait le salon du vestibule. Ma mère affirmait que grand-mère Mettez un Peu de Tout devait toujours avoir le dernier mot, et en cela elles se ressemblaient beaucoup.

Et ma mère est partie pour Rome, dans un collège de bonnes sœurs où elle a rencontré une fille qui s'appelait Sara, un an plus jeune qu'elle, et cette fille a été sa camarade de chambre pendant l'année romaine. Elle aussi, on l'avait envoyée à Rome à la recherche d'un ordre – occidental – qui compléterait le mélange slave, tzigane et oriental de son pays. Et sa mère avait choisi Rome alors que son père misait sur Jérusalem et n'y gagnait que d'être traité de fou par sa femme. Sara aimait beaucoup l'art – elle voulait être ce qu'Ana, ma femme, allait être plus tard – et c'est elle qui a promené ma mère dans tous les musées et tous les recoins de Rome, en quête de Giotto et de Michel-Ange. Pas seulement eux – et ça, je le saurais par mon père, pendant son séjour à la clinique –, mais aussi Botticelli, et chez Botticelli la contagieuse sensualité des corps féminins qui, quelques semaines avant que l'une des deux rentre chez elle, s'est prolongée dans leurs propres corps. Dans leur jouissance partagée et une affection différente des affections qu'elles avaient éprouvées jusqu'alors. « Rien du tout, des jeux, des regards, se montrer nues, se caresser un peu, établir une alliance secrète, de celles qui durent dans le temps, justement à cause de l'époque où elles se créent... » Des années plus tard, mariée à mon père, ma mère allait retrouver Sara Gorydz, correspondante de guerre sous un faux nom, dans la Budapest occupée par les Allemands, au moment d'acheter des chaussettes de laine pour dormir : « Tu sais que quand j'ai les pieds glacés je ne peux pas dormir », lui dit-elle en l'embrassant.

À ce moment-là, ma mère était en train de tomber amoureuse de Paolo Zava, journaliste et attaché culturel à l'ambassade d'Italie, alors que mon père, le grand samouraï de la chatte, brandissait son sabre là où il pouvait et là où il ne pouvait pas.

IV

MADAME RAMBOVA

Un après-midi, l'Anglais a parlé. J'étais en train de lire une vieille revue que je venais d'acheter dans une librairie voisine et il s'y est intéressé. Plus qu'à la revue, à l'auteur des dessins qui illustraient le récit que je lisais, Emilio Freixas, c'était son nom. C'étaient des dessins sophistiqués qui montraient trois reines mages – c'est ainsi que s'appelait le récit, *Les Trois Reines mages*, retournant le mystère biblique – avec des bonnets turcs et de walkyrie, des plumes d'autruche et de paon. Comme leurs vêtements luxueux et leurs corps, aussi luxueux que les vêtements, très stylisés, très à la mode des années 1920-1930.

Au bout d'un moment, nous avions l'air de deux collectionneurs libertins en train d'échanger des points de vue sur les dessins érotiques du XVIIIe siècle. Mais Freixas n'était pas un dessinateur du XVIIIe et sa qualité était bien inférieure à celle de ces dessinateurs anonymes de cochonneries. L'Anglais m'a expliqué qu'il avait fini par publier des bandes dessinées marginales : *El Capitán Misterio* ou *El Murciélago*

*Humano**. Je n'ai pas su s'il en était l'auteur ou seulement l'illustrateur, comme pour le récit de ma revue, écrit par un auteur mineur dont les œuvres abondaient chez les bouquinistes et qui avait été très populaire dans les années 1930. Autant que l'un de ses descendants qui, dans les années 1980, a été accusé de complicité dans l'assassinat d'aristocrates espagnols. Il y avait aussi, dans cette revue, un reportage sur le film *Morocco* (Marlene Dietrich et Gary Cooper), qui intéressa l'Anglais, et un récit d'Elisabeth Mulder, raison pour laquelle je l'avais achetée, compte tenu des relations intellectuelles et sentimentales de l'Américaine avec l'écrivain majorquin Miguel Villalonga. Si bien qu'après une semaine pendant laquelle nous nous étions regardés un peu du coin de l'œil, nous étions en train de parler comme deux historiens dans un congrès ou deux scientifiques dans un laboratoire. Et il m'a semblé, après avoir tant parlé, que l'Anglais ne mentait pas, même si avec eux on ne sait jamais : un collectionneur d'art peut être un espion et un écrivain un trafiquant de haschisch. Dans les îles de la Méditerranée, nous nous y connaissons dans ce genre de choses.

L'Anglais – Cyril Hugh Mauberley, lisait-on sur ses cartes – suivait la trace de Natacha Rambova à Majorque. Rambova avait laissé une certaine marque dans l'île. Elle avait fait construire près de la mer une maison rationaliste, aussi belle que sophistiquée (une

* *Le Capitaine Mystère, La Chauve-souris humaine. (Toutes les notes sont du traducteur.)*

maison qui existe toujours), fréquentait les antiquaires (elle achetait beaucoup et avait un goût très sûr dans le choix des pièces), avait séduit un noble basque (un yachtman de l'époque, amateur de whisky et de belles femmes) et écrit un livre soutenant le soulèvement militaire de 1936. Son amant, devenu son mari, commanderait pendant la guerre un département de la marine franquiste. Quand Mauberley m'a expliqué la raison de ses séjours sur l'île, j'ai ri.

Je n'avais pas encore vingt ans quand j'ai inventé que Natacha Rambova et Rudolph Valentino, son mari à l'époque, étaient descendus, à la fin des années 1920, à l'hôtel Perú, un hôtel mal famé dont la façade s'ornait, au premier étage, d'un balcon vitré aux réminiscences *indianas**. Cette invention d'un après-midi d'été, dans un café, entouré d'amis – tous poètes, nous croyant pour le moins héritiers de lord Byron –, je l'ai vue, des années plus tard, publiée dans des journaux et des revues comme un fait avéré. C'est ainsi que sont immortalisés les bobards artistiques et les mythes et que se perpétuent les traditions.

Mais l'Anglais n'était pas exactement sur la piste de Natacha Rambova ; l'actrice n'était qu'un leurre. Mauberley était intéressé par le séjour dans l'île, comme hôte de Rambova, du peintre Federico Beltrán Masses. Quelques mois plus tôt, son œuvre avait été remise à l'honneur par une galerie select de Londres et son

---

* Les *Indianos* sont les Espagnols revenus enrichis des Amériques, souvent de Cuba. Ils se font construire des demeures dont le style rappelle ces terres exotiques.

tableau *Salomé* – la fille d'Hérodias dans les derniers spasmes d'une masturbation – avait fasciné mister Mauberley, en tout cas c'est ce qu'il m'a dit : fasciné.

– Beltrán Masses était-il un espion ? lui ai-je demandé.

– Je ne crois pas, mais il était sur l'île à une époque où il y avait des espions étrangers dans tous les coins. De notre camp et du camp ennemi. Mais lui, plus qu'un espion, c'était une sorte de pré-Van Dongen, sombre, plus canaille (et pourtant, Van Dongen pouvait l'être passablement) et moins raffiné… entre Van Dongen et Romero de Torres, a-t-il ajouté.

Un cocktail explosif, ai-je pensé. Un peintre pour gangsters…

Masses était le peintre préféré de Rudolph Valentino, son peintre de chevet (un de ses tableaux était accroché à la tête du lit de l'acteur) et il a aussi été celui de Marion Davies, la maîtresse de Randolph Hearst, dont j'avais acheté l'année précédente le catalogue de la vente aux enchères des biens – meubles, argenterie, porcelaine, aucun tableau… Mais dès qu'on s'intéressait à Beltrán Masses, c'est l'annuaire du grand monde qui apparaissait – Gloria Swanson, Douglas Fairbanks, Rothschild, Clark Gable, D'Annunzio… – ou le vice du *name-dropper*. La nuit, les nus, le sexe et la cocaïne étaient des sujets, pour Beltrán Masses. Tout comme les fruits tropicaux, les bijoux, les immeubles néoclassiques et l'omniprésence du bleu de Patinir. Il était né à La Havane, fils d'un militaire espagnol et d'une métisse, donc quarteron. Il avait triomphé en

Europe et en Amérique, alors que son lieu d'origine n'était ni l'Amérique (perdue en 1898) ni l'Europe (perdue au XVIIe siècle). Et comme dans les cimetières d'éléphants, il était allé mourir à Barcelone, probablement de dégoût et de chagrin, en plein après-guerre espagnol. Peut-être, dans sa misère, se souvenait-il de tous les millionnaires dont il avait fait le portrait : américains, chinois, européens... C'est ce que m'a dit Mauberley et je lui ai proposé deux étudiants de mon département pour ses recherches, mais il a refusé aimablement.

– Ce qui m'intéresse, c'est de savoir s'il a été l'amant de Natacha Rambova, c'est tout. Vos étudiants ne serviraient à rien. Ici, il a vécu chez elle et il y a des photos. Sur certaines d'entre elles on devine l'ombre de l'intimité : un peignoir entrouvert, la proximité physique, une façon de sourire et de se regarder. Ce qui est curieux, c'est que lorsque Valentino a soupçonné Rambova de le tromper, c'est Beltrán Masses qui lui a conseillé l'agence de détectives Pinkerton et qui est devenu son confident. Ainsi, votre hypothèse prendrait corps : c'était un agent double. Sentimental mais espion. Il a joué sur les deux tableaux et j'aimerais savoir jusqu'à quel point. Peut-être connaissez-vous quelqu'un de l'époque qui aurait fréquenté Mme Rambova... Un survivant... C'est cela qui m'intéresse vraiment, pas vos étudiants...

J'ai été étonné que cet homme qui avait l'air d'un collectionneur ou d'un spécialiste de l'art du premier tiers du XXe siècle ait de la curiosité pour l'éventuel flirt d'un Foujita de seconde zone et j'ai pensé qu'il préparait peut-être une biographie du peintre, ou qu'il cherchait la confirmation que l'orgasme de sa Salomé était l'orgasme de Natacha Rambova ; et nous voilà lui et moi, dans un vieux couvent, comme deux collectionneurs libertins, je l'ai dit, d'anecdotes amoureuses, de peintures érotiques et de biographies fantasmagoriques, qui au fond révélaient nos désirs plus que ceux de leurs protagonistes. Et je me suis souvenu de ma mère me racontant les fêtes que l'artiste donnait dans les grottes de Génova, fêtes auxquelles un de ses oncles était invité. Et les tapis orientaux, les torches allumées, les damasseries au milieu de stalagmites étaient la scénographie d'une peinture de Beltrán Masses. Mais je n'en ai rien dit à l'Anglais. Pas cet après-midi-là, en tout cas. Il pleuvait et cela faisait des semaines que je n'avais aucune nouvelle de ma femme, ni de ma maîtresse.

V

L'HÉRITAGE

1

Je voulais être écrivain et j'avais un roman, l'histoire de ma famille. J'avais un roman en tête et un roman autour de moi, un roman mental qui se déployait devant moi comme les Carpaccio de l'école vénitienne de San Giorgio degli Schiavoni devant le visiteur, observateur ou pas. Je voulais être écrivain mais je ne l'étais pas – aucun homme n'est ce qu'il ne fait pas – et j'ai fini professeur d'université dans un ambitieux département d'études biographiques. Bref, un mythomane plein de manies.

La volonté d'être écrivain, ou de se croire écrivain, engendre autant de monstres que le sommeil de la raison goyesque. Chez l'écrivain qui n'écrit pas incube une profonde infatuation, chargée de mépris et de ressentiment envers ceux qui, eux, écrivent. Pour être respecté par lui, le véritable écrivain doit être mort. Au début, en tout cas. Avec le temps, même les auteurs vénérés seront exposés à la recherche de défauts ou d'erreurs, aux tentatives de ruiner leur réputation, de les bannir dans les limbes dont ils n'auraient pas dû sortir. Et on créerait des modes comme on joue en Bourse : celui-ci est en hausse, l'autre en baisse et l'autre encore, expulsé du marché des valeurs. *Deus ex machina*, démiurge tout-puissant, depuis la chaire ou dans les conversations de bistrot – toujours la séduction comme cheval de Troie –, il lancera des anathèmes contre celui dont parlent les journaux ou qui, dans son cours, a été mentionné deux fois par les étudiants. On jettera dans le bûcher du mépris le livre qui a valu à tel autre d'aussi bonnes critiques, y compris à l'étranger. On tentera de refréner l'admiration détectée dans le regard d'une étudiante pour les vers de celui dont on a été le camarade, des décennies plus tôt. L'étude de la littérature est un safari et l'esprit de l'écrivain qui n'écrit pas est un cabinet de trophées de chasse où dominent les têtes cornues, fruit de la jalousie. Un Deyrolle imaginaire, mité par l'amertume, car, assurément, il est plus facile et spectaculaire de détruire que de construire. Et il ne manquera jamais d'élèves chez qui semer la zizanie, même s'ils sont de moins en moins nombreux à être intéressés par la littérature et si la littérature – nous sommes sur cette voie – cesse d'intéresser et, la mémoire n'existant plus, tout n'est plus qu'imposture, contrefaçon et plagiat (pardon : intertextualité). La littérature est une grande savane, une jungle tropicale pour l'écrivain qui n'écrit pas et part à la chasse au buffle, au guépard, à la panthère et à l'ocelot. Et alors lui seul, l'écrivain qui n'écrit pas, saura faire la différence – c'est du moins ce qu'il croit – entre un ocelot et un guépard, mais il n'aura personne à qui montrer les peaux qu'il a chassées et à qui parler du léopard des neiges qu'il a été un jour, lui. Plus rien ne lui servira de rien : il aura été la principale victime de ses stratégies narcissiques. Son propre portrait sur la cheminée, un sourire stupide aux lèvres et entouré de cornes de cerf, de gazelle, même de rhinocéros : en fin de compte, ce que j'aurais pu être, ce que je risque encore d'être, même si je pense m'être protégé de tout cela en lisant les classiques. Ou mieux encore : en lisant Ovide. Avec sa splendeur à Rome et sa désolation à Tomis et ma thèse de doctorat embrassant les deux villes.

Je voulais être écrivain et j'étais convaincu que l'histoire de ma famille serait un grand roman. Un roman-Tolstoï comme point de démarrage et un roman-Dostoïevski dans son développement, qui prouverait au monde quel écrivain j'étais ; l'écrivain que je ne serais jamais. Mais la littérature est généreuse et elle se laisse parasiter sans protestation ni réclamation. Pour s'en régaler, il n'est pas nécessaire de l'alimenter ; il suffit de la vampiriser. Je n'ai pas été écrivain et je suis devenu un fonctionnaire de la littérature. Pas un prêtre ni une vestale, seulement un fonctionnaire, ne soyons pas prétentieux ; c'est ce à quoi sert l'université à présent et à quoi les académies ont toujours servi. Des officines – temple est pour elle un trop grand mot – de pouvoir administratif. Mon père n'a rien dit : en fin de compte, il avait toujours travaillé – pour ainsi dire – au service de l'État. Ma mère a fait ce simple commentaire : « Je ne te le redirai plus jamais, mais je considère que tu te trompes ; un salaire assuré, ce n'est pas tout dans la vie. » Grand-mère Mettez un Peu de Tout se serait moquée de moi en pressant ses deux mains sur mon visage. Mais son rire, comme son regard, aurait été inquiétant. Par bonheur, elle ne m'a pas vu me présenter aux concours.

Mais au lieu de l'envie ou de la frustration de l'écrivain qui n'écrit pas, ce que je ressentais face aux livres des autres, c'était de l'admiration et de l'émerveillement. L'enrichissement de ma vie de fonctionnaire de la littérature. Et dans les vies de ceux qui avaient écrit, je cherchais, grâce au travail de mon département, le secret de ce mystère : comment l'alchimie de l'écriture transforme une vie, n'importe laquelle, en une vie différente et passionnante. Même sans bouger de sa ville natale, de son bureau, même si on travaille comme employé dans une compagnie d'assurances, même si on mène une vie dont toutes les journées défilent avec la même précision et la même monotonie que les journées d'Emmanuel Kant à Königsberg. Et ainsi, j'ai édifié avec ces vies une école d'apprentissage permanent. C'était ma façon de suppléer à la vie que je n'avais pas et que j'avais vue chez mes parents, ne se souciant jamais de ma présence et de ce que je pouvais deviner, voir ou savoir. Comme s'ils avaient choisi un certain hédonisme teinté de vitalisme comme unique catégorie de pensée et d'action – puisque nous étions kantiens, comme un impératif catégorique –, peu importe qui pouvait se trouver au milieu. Y compris leur propre fils. Ou à commencer par leur propre fils, qui a grandi en observant cette vie depuis l'ombre.

Parfois, je m'imaginais comme le protagoniste de *La Lentille de diamant* de Fitz-James O'Brien, amoureux d'un être – amoureux d'une vie – inaccessible, que je ne pouvais contempler qu'à travers une lentille – la littérature – montée sur mon microscope de spécialiste. Comme un voyeur ou, mieux, comme un lecteur.

2

« Si tu finis à l'université, tu perdras tout ce que tu as de brillant. Adieu à la pyrotechnie familiale, à sa lucidité, et bienvenue à l'ennui et au plagiat ; là, tout est de deuxième main. Leur seule originalité est le caprice et c'est une drôle d'originalité : tous les êtres gâtés sont capricieux et dans cette vie tu vas en rencontrer à la pelle, mon fils. Sans parler de l'imposture de faire croire qu'ils sont les prêtres du temple du savoir, enfin... Ah, et je n'oublie pas la conspiration et la jalousie : ils ont tellement de temps libre que, dans l'enceinte académique, ils doivent le consacrer aux basses passions de l'avancement, aux ragots et aux trahisons. Et encore, avec Franco, les clans politiques sont interdits, parce que sinon, imagine un peu ce que ça donnerait... L'écriture, c'est beaucoup mieux, beaucoup mieux. Tu ne dépends de personne, que de toi-même ; tu travailles seul et tu n'as de comptes à rendre qu'à la littérature. Réfléchis à ça. »

Ce furent les derniers mots de ma mère à propos de mon métier, de toute sa vie. Ensuite, elle ne m'a plus fait le moindre commentaire. C'était comme si elle me demandait d'assumer une responsabilité, que je n'ai pas assumée, vis-à-vis d'un des legs qu'elle allait me laisser : le roman de ma famille. Et pas seulement ça : ma mère ne se laissait jamais convaincre par une argumentation logique et rationnelle, qu'elle soit brève ou longue ; elle laissait ça, disait-elle, aux « esprits pauvres ». Elle, elle était démontée par un éclair de lucidité, une réplique percutante, une analogie imaginative, un argument retentissant mais sans piège… Alors, elle pouvait cesser de penser blanc et penser noir et de plus savoir gré – une ébauche de sourire, un doux mouvement des paupières ou un couvert déplacé sur la nappe… – à celui qui l'avait fait changer d'opinion. Cet après-midi-là – elle allait jouer au bridge avec ses amies –, je n'ai rien fait de tel. Je voulais être écrivain, mais quand j'ai deviné que ma volonté pouvait être une façon de ne pas la décevoir, j'ai été pris de doute quant à mon talent. Les lettres de Sara Gorydz dans les mains, je me suis dit que je ne m'étais pas trompé. Et si ce n'avait pas été d'une sottise étrangère à ma mère, je dirais qu'en me disant ce qu'elle m'avait dit cet après-midi-là, elle pensait à Paolo Zava.

Dans ces lettres, elles se racontaient des choses de la guerre qu'ils avaient vécues ensemble, tous les trois – Paolo, Sara et elle – et surtout des choses sur Zava et son travail d'alors à l'université. Dans différentes enveloppes, il y avait des articles de lui, découpés, sur l'art et l'érotisme à la fin du XIXe et au début du XXe siècle. Comme si Sara, celle qui écrivait, ne comptait pas.

Comme si Sara s'était éclipsée derrière Zava et, d'une certaine façon, derrière ma mère. Pourquoi derrière ma mère ? Parce que ces lettres laissaient percevoir un métalangage amoureux qui, disant sans dire, s'adressait à ma mère, mais pas seulement à elle. Sara était exilée dans ces feuillets, comme Ovide à Tomis, pas seulement de la ville où elle avait aimé, mais aussi de sa vie. Sara, dans ses lettres, cessait d'être elle et n'était elle-même que dans ce qui était caché dans le texte. Elle se cachait dans le langage parce qu'elle savait que l'amour n'existe pas hors du langage et de la représentation ; qu'aucune expérience n'est rien sans son interprétation à travers le langage. Et cela était dans toutes ses lignes et dans aucune : comme la lettre volée de Poe.

Mais, ne trouvant pas à côté de ces lettres celles (ou leurs copies) que ma mère lui avait envoyées – ou qu'elle avait dû lui envoyer, peut-être le silence était-il sa seule réponse –, je me suis rendu compte que ce métalangage était bon pour n'importe quel lecteur, moi en l'occurrence, mais aussi – et surtout – mon père. Même si ses mots les plus tendres étaient pour ma mère, les plus équivoques pouvaient être pour l'une aussi bien que pour l'autre.

Lorsque ma mère est morte et que j'ai trouvé les lettres de Sara Gorydz cachées dans ses affaires, cela faisait quelque temps que je cherchais les clefs pour comprendre, à travers le langage des écrivains amoureux, mon roman non écrit. Mon objectif était de déterminer à quel moment la passion était arrivée de façon fulminante, comme une haute fièvre – et non comme une malaria endémique, comme cela était toujours arrivé dans ma famille –, dans la vie des écrivains que j'étudiais dans mon département d'études biographiques. Et à partir de là, commencer à établir une herméneutique de la passion qui me permette de connaître les raisons de notre différence familiale. À cette époque, le destin – et l'amour est une des formes les plus évidentes du destin – m'avait réservé un autre voyage, et ce n'était pas un roman. Ma mère dirait que c'était ma faute, parce que j'avais décidé de faire partie de ce « nid de flemmards pétulants qu'est l'université ». Et j'ai compris que tout était en rapport, non avec mon roman, mais avec ma propre vie, pas celle de mes parents.

C'était peu de temps après l'apparition de Miriam, mon élève qui n'a jamais été mon élève, même si elle m'a toujours appelé professeur.

J'ai voulu être écrivain, de la même façon que Karen Blixen avait eu une maison en Afrique...

VI

SUR L'AMOUR ET LA FICTION

1

La révélation est un don de l'être humain. Peu nombreux sont ceux qui le possèdent, mais ceux qui l'ont vécue racontent des choses très semblables, qui peuvent se résumer par la certitude d'être hors du temps et de l'espace et, de là, de tout voir sous sa véritable forme. Mais ils parlent aussi, ceux qui l'ont sentie, d'une clairvoyance en particulier – ou mieux : de la clairvoyance –, et celle-ci les réunit tous : soudain, plus rien n'échappe à leur entendement – les langues, l'univers, les sciences du passé et celles qui n'existent pas encore, les religions, l'histoire, Dieu, le magma de la Terre... – et cet entendement est au-dessus de n'importe laquelle des parties qui composent le tout. Ce n'est pas un sentiment épiphanique, mais quelque chose de supérieur qu'ils ne savent pas définir : soudain, ils possèdent une sagesse métaphysique qui les élève au-dessus de la conscience humaine. Une sagesse qui arrive et s'en va, mais qui laisse une trace qui ne disparaîtra jamais et la certitude qu'on ne sera plus jamais le même qu'auparavant. La passion aussi est un don de l'être humain et une fois qu'on l'a vécue on est également empêché de redevenir celui qu'on a été. Comme n'importe quel amputé, car c'est ce que l'on est après avoir vécu une passion. Contrairement à ce qu'on est après la révélation. Parce que dans la passion il n'y a pas de révélation ; il y a la possession.

Et une harmonie secrète avec des lois différentes. Comme le corps nu de l'aimée. Sa beauté et son impudeur, son élégance et son primitivisme, sa délicatesse et sa sauvagerie. En lui, nous embrassons la Crète et Constantinople et nous embrassons Suzanne et Bethsabée et nous embrassons Schéhérazade et les bacchantes et les nymphes et Vénus et Circé parce que, dans son corps nu, nous embrassons le temps, tout le temps, tous les siècles jusqu'au début des temps. Et au moment de l'entrée en amour, il n'existe pas d'autre femme qu'elle, qui est toutes les femmes, et sa présence nue les exalte et les exclut, alors qu'elle se tend entre nos bras et que ses spasmes se fondent en un cri sourd qui surgit du magma de la Terre, parce qu'il n'y a plus de différence entre ce corps nu et le magma qui nous embrase et nous donne la vie ou la splendeur de la Grande Femelle qui vit en lui, dont l'écho, la passion amoureuse, est le Saint Graal des sentiments quand ils ne le recherchent pas et qu'il se révèle en un lieu qui n'a été ni quadrillé ni convoité. Et s'il est secret, pourquoi le profanent-ils, en le proclamant ? Pourquoi s'enlacent-ils et s'embrassent-ils là où ils peuvent être vus ? Cachés comme l'autruche : dans la rue, une pièce contiguë, l'entrée d'un immeuble, un bureau à la porte entrouverte… Pourquoi les amants courent-ils le risque d'être découverts, alors que la clandestinité est leur état naturel et l'opposé, la perte de leur condition. Le monde qu'ils habitent est autiste, il n'a pas de norme, il les anéantit, les aspire, les expulse et dans leur aveuglement ils croient qu'il les rend invisibles, alors que seule la qualité de leur désir est hors de portée des autres ; leurs actes finiront par être vus, attrapés, enviés, décortiqués, critiqués, châtiés par ceux qui se considèrent lésés par eux, raillés par ceux qui n'ont jamais ressenti la même chose et, s'ils l'ont ressentie, ont préféré ne pas s'en souvenir et faire comme s'ils ne l'avaient pas vécue, ce qu'ils font depuis que tout est fini.

Heur et malheur de la passion amoureuse, les deux choses et pas une seule, comme ce sont deux corps et deux âmes qui s'enlacent, et deux temps, le passé et le futur réunis dans un présent ensorcelé dont nous voulons qu'il ne s'achève jamais et que nous tentons de retenir par nos embrassades, nos caresses et nos fluides, agrippant la chair – dos, cou, fesses – à pleines mains et appuyant, comme on tombe dans le vide, parce que l'absence d'amour c'est le vide et, les doigts dans la bouche, le vagin et l'anus, comblant d'autres vides – il n'y a pas de place pour le vide en amour – ou les laissant se réfugier sous les aisselles que nous avons léchées auparavant, comme nous avons léché d'autres replis, disant, avec un langage différent, « je désire tout ce qui est tien parce que tout ce qui est tien me grandit et dans tout ce qui est tien je suis comme je n'ai pas été avant et ne serai pas après ». Un dans l'univers, quand le désordre naturel disparaît – seul existe le désordre amoureux et son harmonie a des lois différentes – et les deux corps sont un seul corps – cela a été dit tellement de fois, mais peu importe –, un mécanisme parfait, comme les constellations, la course du guépard ou la matière noire. Un dans les yeux qui se regardent et contemplent et ne se regardent pas ni ne se contemplent et la douleur séculaire de l'âme est dans l'expression et pas dans le plaisir, et les gémissements sont musique et la respiration est le message des dieux : ceci est notre bienfait, ceci est notre malédiction ; quand tu y auras goûté, tu ne seras plus le même ; quand tu l'auras perdu ou que tu l'auras arraché de toi, tu erreras perdu en toi-même sans être entièrement toi, le cherchant tout en sachant que le chercher signifie ne jamais le trouver. Et la mémoire sera un outil grossier et primitif – silex, glaise ou pierre – face à la prodigieuse complexité de l'amour, qui n'est que présent, et dont le passé n'est qu'une ombre pâle.

L'absence du regard de l'autre, du regard qui nous fait savoir ce que nous sommes et ce que nous pouvons être. Pas devenir, mais être, tout simplement. J'ai toujours pensé que ma grand-mère Mettez un Peu de Tout n'avait pas eu besoin de ce regard. Elle n'a eu besoin que d'elle-même et il en fut ainsi. Pas ma mère. Ma mère a perdu le regard de mon père – tellement distrait et capricieux – et même si lui, sans pour autant cesser de regarder à droite et à gauche, il savait la regarder comme il l'avait toujours fait, elle a senti que ce regard faisait défaut. Qu'il n'était plus là. Et cela doit être difficile, si jeune, de s'habituer à une telle chose. Jusqu'au moment où Paolo Zava est apparu et où elle est redevenue celle qu'elle savait qu'elle pouvait être, et Budapest et Venise et les fleuves et les brumes, des métaphores de la vie et de l'amour, quand c'est de l'amour. Octavio me l'a dit : jamais elle n'avait été aussi jolie, aussi rayonnante, aussi puissante. Et cela se voit sur les photos de l'époque, où elle brille avec une intensité inhabituelle. Cela se voit dans son regard satisfait et dans ses gestes, comme ceux d'un félin qui prend possession du paysage. Cela se voit même dans ses vêtements, plus légers, plus aériens et plus présents que jamais.

Mais ma mère, tellement jolie, radieuse et puissante – jamais je n'aurais eu l'idée de lui appliquer ce dernier adjectif –, avait perdu le regard de mon père – du moins le croyait-elle – et allait perdre celui de Paolo Zava. Ou plutôt, elle l'a laissé se perdre, et nous ne savons jamais pourquoi nous laissons se perdre des sentiments et des vies possibles, je veux dire que nous ne savons jamais si nous avons bien fait ou si nous avons faussé quelque chose que nous n'aurions pas dû, brisant ainsi l'ordre naturel des choses et, par conséquent, nous brisant de l'intérieur. Nous brisant peu à peu sans nous rendre compte que rien de ce qui se brise en nous ne peut être réparé. Et encore moins s'il y a récidive.

Parce qu'il est certain qu'elles ne sont entièrement que dans le regard de l'autre et aussi dans son désir et ainsi elles prennent forme et sont d'une manière différente de ce qu'elles étaient, seules, la façon qu'elles rêvent et veulent pour leur vie, même si ce n'est que partiellement et qu'ensuite elles changent – d'elles-mêmes ou du fait du comportement de l'autre – et reviennent à l'origine et à l'insatisfaction de ne pas être entièrement comme elles avaient été ou avaient seulement rêvé être. Et quand une femme cesse d'être regardée par qui la regardait – l'épouse dont le mari a une maîtresse et n'a d'yeux que pour elle –, elle se perd et se désoriente et la douleur devient déséquilibre et cherche peut-être l'équilibre perdu dans un autre regard si le mari s'égare et se perd lui-même dans les bras de sa maîtresse.

Parce que le regard est la première chose qui change et elles ont un radar subtil et extrême pour détecter ces changements, la lueur mourante qui dénote l'indifférence ou l'agacement ou la rêverie d'un ailleurs, cet ailleurs intrus qui mutile et affaiblit. Et ce radar surveille l'homme, aux premiers signes, il le surveille vingt-quatre heures sur vingt-quatre, et il lui tend des pièges et lance des manœuvres, de fausses alarmes qui ne sont pas perçues et qui prouvent la myopie, l'autisme, l'être-ailleurs, là oui, disponible et plein et les cinq sens ouverts, inventant un nouveau sens, beaucoup plus précis et riche, celui de l'état amoureux, qui réunit les cinq autres et les élève à un point qu'ils n'ont jamais atteint auparavant et où ils ne seront plus ensuite, quand tout sera fini et passé.

Et tandis que le temps de l'amour coule ailleurs – la passion le retient et le soustrait aux autres temps qui passent –, tandis qu'elles sont seules et loin de l'homme usurpé, elles inventent un monde qui n'existe pas, construit ou consolidé entre elles et les amies avec lesquelles elles bavardent et se racontent, un monde qu'elles trahissent à la première occasion, ou elles se plongent dans une amertume joyeuse ou une gaieté amère, mais elles restent là comme des escargots sans coquille, plus légères et en apparence plus aguerries et, lancées depuis ce lieu, leurs phrases peuvent être comme de la glace, aucun couteau de feu ou de fer ne pénètre ni ne blesse aussi profondément que leurs paroles quand elles sont seules et ne pardonnent pas.

Et les vêtements sont des alliés, mais seulement au début de la bataille : les pantalons taille basse, chez la femme mûre, sont là pour montrer, si on le désire, toujours le désir d'être vues, le dos toujours ferme quand on se baisse et la naissance des fesses, le creux qui excite et pointe un Suez désiré, avec l'Afrique au fond, mais une Afrique déjà mise à sac, comme notre bateau quand il n'est plus celui qui a sillonné les mers et jeté l'ancre dans des baies qui n'existent plus, quand il n'est plus ce bateau dans lequel on s'est reconnu pendant la traversée. Le temps fait son travail, il le fait toujours, tandis que les plus jeunes portent des shorts courts, tendus et hauts, presque jusqu'à la taille, montrant ainsi le bas des fesses comme des pommes, la frontière avec les cuisses – que la femme mûre cache –, et c'est encore une façon d'être en relation avec leur corps selon le temps qu'elles cohabitent avec lui. Pas seulement cela : de cette façon, elles marquent leur territoire et rivalisent avec leurs grandes sœurs, avec leurs mères, et elles sourient, curieuses ou dédaigneuses, quand elles sont regardées, comme si celui qui regarde n'avait pas l'âge qu'il a, ou justement parce qu'il a l'âge qu'il a, paternel et distant, et qu'il ne sait plus interpréter ce sourire au-delà de ce que peut interpréter une vie qui lui échappe. Et la nuit, les fleurs fanées composent un tapis phosphorescent, lucioles du passé qui nous rendent visite, inaccessibles.

Et la femme abandonnée, la femme trahie, la femme qui n'est pas aimée comme elle considère qu'on doit l'aimer s'expose, à partir de l'acquisition de cette conscience, dans une vitrine, un marché sentimental, le souk du désir, et en s'exposant elle se venge de qui n'a pas su ou pas voulu, ou a su et voulu la laisser en arrière. Et elle se maquille et assiste à des fêtes nocturnes et pose et se laisse prendre en photo – très bien habillée ou nue – et quiconque la voit et l'observe et la désire l'identifie à l'homme qui est parti et elle le sait et cela la satisfait et l'irrite et là est la vulgarité de sa vengeance, parce qu'il n'y a pas de vengeance – aussi raffinée soit-elle – qui ne soit vulgaire, et dans l'amour le plus sublime se cache, comme un animal tapi, la vulgarité. Prête à sauter et à tout empoisonner si elle entrevoit la brèche par où s'échapper de sa tanière secrète. Les dernières fois que nous avons couché ensemble, j'entendais dans ses phrases l'écho d'autres phrases identiques – « ce sont tes démons, pas ce que je sens » –, déjà dites en d'autres occasions à différents amants. Soudain tu étais un parmi d'autres. *Déjà vu.* Et comme dans un tourbillon, notre histoire commençait à se dissoudre dans l'anonymat : les différences disparaissaient peu à peu et le langage était le symptôme de cette disparition. D'abord les mots puis les gestes, plus subtils mais non moins cruels. Sans l'énoncer dans chacun d'entre eux, on reproche à l'amant la fin de l'amour comme un créancier rappelle la dette impossible à payer. La culpabilité apparaît et elle n'est pas seule : l'amante qui sait qu'elle est en train de cesser de l'être et qu'il n'y a pas de sauvetage possible – c'est l'autre conscience – recrée son environnement pour qu'elle apparaisse et que tu le saches et que cela gâche avec le temps ce qu'il y avait de plus beau et d'unique. Lumière de lumière qui s'éteint et à jamais l'obscurité comme legs de ce qui était son contraire. Et en le faisant, elle écarte l'éventualité d'un retour, le plus souvent tapie chez celui qui s'en va et ne veut pas partir.

2

Ce soir-là, boulevard Saint-Germain, je me promenais entre Sophie, ma fiancée hollandaise de l'époque – nous sommes restés ensemble un an à peine – et Judith, qui partageait mon appartement, de père français et de mère érythréenne et d'une beauté assez exotique. Nous marchions tous les trois bras dessus, bras dessous et nous sommes passés devant le Flore. Dans la galerie située derrière la terrasse, deux femmes très bien habillées attirèrent mon attention par leur façon d'être et de rire. L'une d'elles avait relevé sa jupe jusqu'aux fesses – elle portait des bas noirs à motifs géométriques – et avait une jambe repliée sur la banquette. Elles étaient assises très près l'une de l'autre et elles avaient l'air de se faire des confidences au milieu de rires aussi blancs que leurs dents, dans l'attente de ce que la nuit avait à leur offrir. L'une avait les yeux foncés, l'autre, les yeux gris. Elles nous regardèrent avec autant de minutie que de sans-gêne et celle qui avait les yeux noirs les posa sur moi, à cause, j'imagine, de l'impression équivoque que donnait notre trio multicolore. Sans cesser de m'observer, elle dit quelque chose à son amie et ensuite elle passa la pointe de sa langue sur le lobe de son oreille en me souriant d'un air effronté. J'ai souri moi aussi – c'était inévitable –, tout en commentant la scène à mes compagnes, qui tournèrent la tête vers l'arrière pour les regarder, par curiosité naturelle et un désir féminin de marquer leur territoire, ai-je supposé : « Elles vont parler de nous, maintenant. » Et alors, elles se mirent à rire toutes les quatre en même temps, comme quatre filles de Sapho, cette fantasmagorie masculine de l'école du *Bain turc* d'Ingres.

D'Ingres à Heine. À ce moment-là, sous le ciel étoilé de Paris – même si on ne voit pas les étoiles, la nuit de Paris est toujours étoilée –, je me suis souvenu d'un fragment d'un texte de Heine, que mon père aimait lire à haute voix : « Les Parisiennes ne doivent pas être observées dans l'intimité de leur foyer, mais dans les salons, les soirées et les bals, où se manifestent en elles une passion frénétique pour la vie, un désir de doux étourdissement, une soif de jouir de l'existence comme si au bout d'une heure la mort allait les arracher aux sources du plaisir... Cela leur confère un charme et un attrait presque terribles qui captivent et font trembler tout à la fois. » Moi, les Parisiennes me plaisent dans la rue – la danse de leurs jambes est inoubliable, qu'elles soient immobiles ou qu'elles marchent – et sur les terrasses des cafés et dans les brasseries, quand, lorsqu'on entre, c'est tout un jeu de regards à la dérobée ou impertinents – parfois impertinents par l'absence même de regard –, une façon de se lever et de briller en traversant l'espace comme une célébration de la vie, conscientes de ce que la vie est un luxe et qu'il faut donc la vivre à chaque instant. Heine affirmait, disait mon père, qu'une fée octroie aux Parisiennes un charme différent pour chacun de leurs défauts, si bien que chez elles chaque défaut finit par être un attrait.

Mon père. Sa nature de coureur de jupons le faisait voyager à travers les femmes comme si elles étaient des nations, alors qu'elles n'ont pas de passeport et qu'elles appartiennent à une seule nation, si on peut l'appeler ainsi : la nation des femmes. Mais cela, je l'ai appris plus tard. Quand j'ai commencé à amener des filles à la maison, il déployait sa queue de paon et Delhi lui convenait autant que Rome ; le tout était d'attirer l'attention. Avec une sorte d'insouciance feinte, pour ainsi dire, afin de commencer à tisser, sans tenir compte du temps, ce qu'il considérait comme une dérivée de ses stratégies de séduction habituelles. Les femmes n'ont pas d'âge, avait-il l'habitude de dire, et à l'époque de l'empire romain elles se mariaient à douze ans. J'ai décidé de ne plus amener aucune fille à la maison. Mais au fil des années j'allais finir par faire la même chose que mon père, depuis l'estrade de ma salle à la faculté ; on ne sait jamais à quel point le mimétisme nous forme ou nous trompe – ou nous forme en nous trompant, et nous continuons ensuite à tromper, pour notre propre compte. Parfois, j'ai pensé que je devrais être homosexuel. Qu'avec un tel père, c'était mon destin, mais de la même façon que j'ai décidé de ne plus amener de filles à la maison, quelque chose en moi a décidé de le conquérir, lui, en l'imitant, et que cette imitation soit un camouflage de ma véritable orientation sexuelle. Si mon père s'échappait de la maison avec d'autres femmes, mon père se retrouverait en moi, tôt ou tard, comme dans un miroir. Et ce désir était – est – de nature homosexuelle. J'ai parfois vu ça : des pères qui ignorent leurs fils et quand ces fils sortent de l'adolescence, leur principale obsession, consciente ou non, est de s'identifier à leur père pour que leur père les remarque et les respecte et pour être, enfin, visibles à leurs yeux. Parfois ils y réussissent, d'autres fois ils échouent comme ils ont échoué dans leur enfance. Ils ignorent que leur triomphe sur le pouvoir paternel était écrit dans l'homosexualité et qu'en elle, probablement, ils auraient été plus heureux qu'ils ne le sont. J'y ai pensé, je le répète, plus d'une fois, et quand je l'ai fait ont surgi du silence du passé des images de regards et de gestes dans les toilettes publiques, de sollicitations suspectes dans les bars, de soudaines complicités restées sans explication ou de semblants de filature dans la rue, au cours de l'adolescence. Ils avaient l'intuition de ce que moi, aux débuts de mon avidité sexuelle balbutiante et incontrôlable, j'ignorais. Et c'est comme ça que j'explique la *Recherche* à mes étudiants, comme un traité du regard homosexuel, où tous les personnages – déguisés en hommes et en femmes – sont en réalité des homosexuels. Non seulement Albertine est Albert et cette orchidée n'est pas une *Cattleya labiata* mais un sexe ouvert en toute impudeur. Proust, comme symbole et mémoire et vision canonique de l'hypertrophie et du désordre sexuels transformés en méthode à travers l'usage du temps. On a toujours parlé de la *Recherche* comme d'un exercice tyrannique contre le temps et en faveur du temps, mais le cycle proustien est aussi un exercice démesuré d'hypersexualité dont aucun des personnages n'appartient au sexe sous lequel il apparaît dans l'œuvre. Le sexe comme un lieu, erroné et équivoque. Si mon père m'entendait...

Mon père. Je conserve dans mon bureau une photo de lui prise à El Cortijo, dans les années 1960. El Cortijo était une boîte de nuit dont la décoration paraissait tirée de *Mogambo* : peaux de zèbre, boucliers africains, murs tapissés de bambou. Même les habitués avaient l'air de figurants ou de doubles falots de Clark Gable, le Grand Mâle. Tous sauf papa, grande mâchoire, front large, cou de taureau et épaules de gladiateur. Ainsi était mon père dans tout son éclat et même s'il ne portait pas de moustache il n'avait rien à envier au Grand Mâle Gable. Sur cette photo, mon père brille dans toute sa splendeur, dans une conversation animée avec deux femmes, passablement plus jeunes que lui, qui le regardent extasiées. Amusées et extasiées, une combinaison qui est le Saint Graal du séducteur. Ou le passeport qui ouvre toutes les frontières. Elles ont l'air d'être italiennes. Les expressions et les regards, d'où se dégage la grande force de la photo, nous disent qu'ils se connaissent, qu'ils ont déjà couché – les trois ensemble ou séparément – et qu'elles sont plus que contentes de l'homme choisi pour partager les nuits de la ville. Très contentes et prêtes à continuer à passer du bon temps avec lui : rien n'est encore fini. Ma mère, à cette époque, ne devait plus être avec Paolo Zava – ils ne s'écrivaient même pas –, mais je ne sais pas où elle était ni avec qui. Peut-être avec le poète à la chemise bleue, je ne sais pas.

3

Toute histoire d'amour est une conversation et quand entre les deux s'installe le silence ou que la conversation tourne à la susceptibilité et aux variations autour de la première personne du singulier, l'amour donne des signes d'épuisement et arrive l'aphasie ou le dialogue de sourds, retranché, inaccessible, brusque. Il peut se relever de sa décadence, mais s'il le fait il sera plein de carences. Nous en étions là, ma femme et moi, quand Miriam est apparue au département et ensuite a dit « fume-moi », et quand elle a dit ça j'ai pensé qu'elle était parisienne et sœur de la femme du Flore, celle qui avait les yeux foncés. J'ai été excité comme si cela faisait des semaines que nous nous connaissions au sens biblique du terme. Pas excité comme on l'est au premier rendez-vous, mais excité comme on l'est quand on connaît l'autre et que l'on sait jusqu'où on arrivera parce qu'on y est déjà arrivé précédemment. On sait comment l'autre prononce les mots et les enchaîne et comment s'enchaînent les phrases de l'un et de l'autre et comment les corps, ensemble, sont des palimpsestes qui se réécrivent sans cesse, même quand il n'y a plus d'encre dans l'encrier et que la fatigue pousse au sommeil. Même dans le sommeil. J'ai su tout cela en entendant l'injonction de Miriam, comme j'ai su que cette injonction était le début d'une intense conversation, car toute passion, je l'ai dit, est une conversation et le sexe y participe de façon essentielle, et pas seulement par le dialogue des corps. La passion intervient dans le langage ; le sexe s'empare du langage et celui-ci l'ennoblit et s'ouvre à un continent nouveau et ce continent est celui des amants : le verbe se fait chair ; la parole, coït. La voie d'accès importe peu : une brève rencontre, le téléphone, une lettre, un simple message, une injonction qui est une supplication amoureuse… Le désir s'empare de toutes ces voies comme un empereur tyrannique et doux à la fois – prenez les centrales électriques, les stations de radio, les services téléphoniques et les chaînes de télévision – et alors on ne sait pas, on ne veut pas vivre en liberté. On ne désire que la tyrannie de la passion. C'est son premier tribut et dès l'origine le désir imprègne le langage, de telle façon que les métaphores les plus baroques relèvent de l'école réaliste la plus pure. Cette fusion entre ce qui est savant ou élitiste et ce qui est populaire, entre l'art et le métier, crée de l'addiction et nous change en nous montrant une dimension différente. De nous et des autres. De l'amant et de l'aimé. Et par conséquent du monde. En l'occurrence, de moi à travers Miriam et vice-versa, du moins voulais-je le croire.

4

Il existe dans la culture populaire un langage physiologique de l'amour qui trouve ses racines dans l'univers médiéval des goliards et dans la nature elle-même, je veux dire dans la proximité avec les animaux. Les gloses populaires en sont la littérature et le sexe comme langage naturel, sans sophistication, est le terreau de cette littérature, aussi digne, pour ce qui est de l'amour, que n'importe quelle autre. C'est ce qu'explique le professeur Wertheimer, de l'université de Louvain, dans son livre *L'Amour, écrit ou dit ?* En cours, Wertheimer évoquait les langues parlées dans le désert du Kalahari, riches de plus de ramifications du subjonctif que n'en eut le grec d'Aristote. Et nous écrivions au tableau « ni écrit ni dit : il n'y a pas d'autre amour que l'amour fait ». Subjonctif et érotisme...

Et c'est le XVIIIe siècle qui se détache de la racine médiévale et fait de l'amour une chose savante. Fragonard ou Boucher, oui, la jeune fille qui offre ses fesses au baiser et au fouet, mais surtout Choderlos de Laclos – sur lequel j'ai rédigé mon mémoire, sous la direction du professeur Wertheimer – et Giacomo Casanova. Ou, ce qui revient au même, *Les Liaisons dangereuses* et les *Mémoires* du chevalier de Seingalt. Sans eux, le James Joyce des lettres cochonnes à Nora Barnacle n'existerait pas et la fusion entre le populaire et le savant – qui se trouve dans ces lettres – aurait été l'apanage de la royauté, qui pouvait tout se permettre. « Quand tu seras plus âgé, il faudra que tu lises les billets du tsar Alexandre à sa maîtresse Katia, me disait mon grand-père. Pas avant, parce que tu n'en profiterais pas ; seulement quand tu seras plus âgé. » Et il me disait ça parce qu'il voyait que je m'intéressais au monde des tsars, Raspoutine, Kerenski et la décadence de l'empire, jusqu'à l'horreur. Comme j'aimais le sens du mot « billet » qu'employait mon père, tellement éloigné de ces draps parfaitement illustrés qu'étaient les billets de banque de cinquante roubles ou ceux d'un million de marks de la République de Weimar, et tellement prometteur de messages secrets, entre l'intrigue de cour et le rendez-vous clandestin. Et je les ai lus, bien sûr que je les ai lus. J'ai lu les billets et j'ai vu les dessins d'elle, Katia nue dessinée par Alexandre en personne dans l'intimité du Belvédère, le lieu de la rencontre. Belvédère, Bellavista, Bellver ou Bellveure... La vision du corps désiré et désirant, son architecture souple et prodigieuse, la beauté de son incendie... Et l'écriture de l'éros réservée à ceux qui avaient le pouvoir ; c'est-à-dire l'écriture ; c'est-à-dire l'immunité. Son sexe est « ton délirant coquillage » et, beaucoup plus jeune que lui, elle prend le commandement des manœuvres amoureuses : « Allongé immobile sur le canapé, j'ai joui jusqu'au délire, tandis que tu bougeais sur moi. » Ou « j'ai senti jouissivement ta fontaine m'inondant plusieurs fois, ce qui a redoublé mon plaisir ». Ou « je te vois devant mes yeux, maintenant au lit, maintenant sans culotte ». Ou le cannibalisme amoureux : « Tu es tellement délicieuse, Moushka. » Et elle, Ekaterina Dolgoroukaya, Katia ou Moushka : « J'ai reçu un plaisir intense qu'on ne peut comparer à rien. » Ou « j'ai joui comme une folle sous notre petite couverture ». Ou « j'ai dormi sans me reposer et peu de temps ; je suis brûlante et je ne peux attendre deux heures et quart pour te voir ».

Et tous les deux, jour après jour, se jetant « l'un contre l'autre comme des chats », écrit-elle, entre les colonnes bleues du Belvédère, blanc, néoclassique, palladien, et rue de la Paix à Paris, et au troisième étage du Palais d'hiver, la tsarine se mourant à l'étage du dessous. Et les armées russes massées en Bessarabie et la guerre de Constantinople et du Turkestan – « il y a quelque chose d'érotique dans ce qui se passe aux frontières lointaines », avait écrit un ministre du Kremlin – et les attentats contre le tsar, fusil et pistolet et nitroglycérine au palais et la passion comme un talisman. Les lectures de mon grand-père...

... Et les miennes. Du moins celles qui m'ont amené jusqu'ici, jusqu'à ce couvent bénédictin transformé en hôtel. Parce que dans l'érotisme, l'image – beauté qui suscite le désir et désir qui crée de la beauté – ne suffit pas à elle seule et lasse ; d'où l'irruption du langage. L'image seule – les fresques érotiques de Pompéi, les craies de cire de Toulouse-Lautrec ou les esquisses de Rodin – appartient à la même civilisation qu'Altamira ou Lascaux ; il y reste quelque chose de cavernicole, et pas seulement à cause de la célébration de ce qui est originel. Mais quand les amants se disent – quand les amants sont en train de se dire à eux-mêmes – « fume-moi », l'image acquiert une force différente et l'acte érotique une valeur intrinsèque dont il était dépourvu auparavant. Désirer, c'est aussi de la littérature et cela a sa logique, qui naît du désir et meurt quand le désir disparaît. Et alors nous sommes renvoyés au langage physiologique et à l'aphasie, pas seulement sexuelle.

Bertolucci le raconte dans *Novecento*, dans l'épisode final avec Burt Lancaster, avec une réminiscence du prince de Salina. Sans vigueur sexuelle, celui qui a été le grand bouc de la famille s'assied sur un tabouret de l'étable – la puissante odeur de la bouse de vache et de la paille humide est profondément sexuelle –, se déchausse et plonge les pieds dans la crotte. Une petite fille apparaît, une fille du peuple, et il l'appelle pour qu'elle touche son sexe, pour qu'elle le traie, comme d'autres se masturbent en pensant à la nudité de leurs petites-filles… Ensuite il se pend, déshonoré par sa seule impuissance – comme ça, la vie ne vaut plus rien : ce n'est pas un homme à livres, ce n'est pas un homme qui puisse vivre dans un coin du monde – et il le fait dans cette étable, plongé dans cette odeur animale qui le ramène à des époques plus heureuses et inconscientes, celles de l'éveil du désir dans l'enfance, la phase anale de Freud… Le langage physiologique, et la fin contient le début et retour à la case départ. Mais aussi la quête de la dernière érection, l'érection du pendu, qu'avait chantée Villon.

5

Mais la raison structure et elle structure aussi les émotions ; c'est la seule façon d'être maître de ses passions plutôt que d'en être l'objet, dans une montagne russe qui finit habituellement par la solitude, là où il faut inventer le sexe. « L'art doit gouverner l'amour », écrivit Ovide. Et aussi : « Je chante des plaisirs sans danger et des larcins permis : mes vers seront exempts de toute coupable intention. » Et alors qu'il vit encore à Rome et qu'il écrit *L'Art d'aimer*, il consigne que « la ville possède toute la beauté qu'il y ait jamais eu au monde ». Il n'écrit pas « qu'il puisse y avoir », mais « qu'il y ait jamais eu », faisant que passé, présent et futur ne fassent qu'un. Dans le rapport métaphorique entre la ville et la femme – au XXe siècle, l'Alexandrie de Durrell en serait l'épitomé –, *toutes* les sortes de beauté qu'il y ait jamais eu dans *tout* le monde composent les attributs de la femelle, quand la femme en est une. Quand la femelle apparaît, ce qu'elle ne fait pas toujours. Il y a un film, peut-être de Godard, dont le protagoniste est étendu sur l'herbe et elle, debout devant lui, caresse sa poitrine de son pied nu. Après la longue caresse, elle approche son pied de son visage et il embrasse un orteil, comme le ferait un esclave à qui on aurait permis d'être amant. La scène renvoie à *L'Âge d'or*, de Buñuel, quand la femme embrasse et suce l'orteil d'une statue, ce qui évoque une fellation. De fait, la scène de ce film est une inversion de celle de Buñuel, et si dans *L'Âge d'or* il y avait une soumission à la passion, dans ce film il y a une soumission à travers la passion. Mais c'est la femme qui soumet, en octroyant.

À l'inverse, du moins en apparence, du monde des troubadours. Mais pas parmi les maîtresses des écrivains que j'ai donnés comme sujet d'étude à mes étudiants cette année : Greene ou Fleming ou Ridruejo. À Poitiers naquit le premier troubadour, Guillaume IX d'Aquitaine ou Guilhem Nòu en langue d'oc. Guilhem Nòu écrit sur son amante, la femme du vicomte de Châtellerault, et commande qu'on la peigne nue sur le revers de son écu. Avec son nom à ses pieds, afin qu'il n'y ait aucun doute. Chevauchant au combat, il porte son corps nu collé au sien, comme une cuirasse.

Son ami Jaufré Rudel n'a pas peint son aimée, mais il l'a écrite, inventant *l'amour de loin* ou *amour lointain*. Je l'ai lu dans Pound avant l'âge de vingt ans. Pound, lui, venait de mourir à Venise, où il vivait avec Olga Rudge, sa maîtresse pendant tant d'années. Olga Rudge était violoniste et avait vécu loin de Pound alors que Pound, amoureux d'elle, écrivait sur les troubadours et sur Cavalcanti et Pétrarque, deux autres poètes de l'amour. Les troubadours l'ont inventé par écrit pour qu'il soit chanté et Rudel pour qu'il voyage, car son amour non plus ne vivait pas avec lui et ne le connaissait même pas. Rudel pensait que cette femme – une femme mariée et de sang noble qui vivait dans la Tripoli syriaque – tomberait amoureuse de lui à travers ce qu'il écrivait. Et c'est depuis le temps des troubadours qu'écriture et amour, que littérature et amour se nourrissent l'une l'autre en cherchant leur raffinement, même s'ils s'abreuvent chez Catulle et Sapho et savent que le désir a besoin d'une architecture propre pour prospérer. (Rudel était tombé amoureux d'elle, d'Hodierne de Jérusalem, à travers les récits des pèlerins en Terre sainte qui revenaient par Antioche et louaient sa prodigieuse beauté.) Et *l'amour de loin* est ce qui relie Rudel à Ian Fleming – le créateur de James Bond – ou à Graham Greene, ou à Dionisio Ridruejo, et c'est là que ma mère entre en action. En action amoureuse... Mais je ne veux pas aller trop vite, nous y viendrons plus tard. Et avec eux, Maud Russell, lady Catherine Walston et la comtesse von Podewils, les maîtresses de Fleming, Greene et Ridruejo, comme une note en bas de page de la vie amoureuse de ma mère.

Il n'arrive pas la même chose à Maud Russell, Catherine Walston ou la comtesse nazie, qui jouent un rôle semblable à celui de Sophie Ravoux – une photo d'elle nue dans le portefeuille du militaire, comme un écu – dans la vie amoureuse de Jünger. Leur dénominateur commun ? *L'amour de loin*. Tripoli, la Syrie, Jérusalem, la Terre sainte... Elles-mêmes transformées en noms et lieux d'Orient, qui est le symbole du désir de ce que nous ne connaissons pas, et c'est cela, ne pas connaître tout à fait – qui n'est pas la même chose que ne pas connaître –, ce qui l'enflamme sans cesse et l'alimente et le nourrit. Parce que ce qui relie ces histoires d'amour, à part l'amour lui-même, c'est qu'elles sont constamment abandonnées, abandonnées car impossibles, car il y a une impossibilité métaphysique de l'amour, mais elles demeurent constamment et reviennent à flot quand elles avaient l'air d'avoir sombré et durent des décennies ou durent toujours même si chacun mène sa vie et si on pourrait croire que c'est une chose du passé, quelque chose de perdu à jamais, parce que c'est le prix d'avoir aimé, la perte et la séparation, et rien d'autre. En revanche, elles resurgissent çà et là, au cas où un des amants croirait qu'elles étaient mortes, et elles ne viennent pas du néant, mais c'est le néant qui les entoure – en leur présence, tout est rien, si ce tout ne les complète ni ne les orne –, et elles sont ce qui ne doit jamais mourir, et c'est pour cela que nous les poursuivons à travers le cinéma et les romans et les contes narrés au coin du feu et les récits des livres sacrés et des livres éternels, qui parlent aussi de l'amour et du désir. C'est pour cela que nous les avons toujours poursuivies et que nous devons toujours les poursuivre même si, à présent, elles ont l'air de n'être qu'un des legs du monde ancien et révolu, du monde qu'il faut enterrer dans le scientisme et d'autres théories qui nous mettent au même niveau que le reste de la nature et oublient la nature et l'amour-passion et la littérature qui naît de lui et la connaissance qui nourrit et nous amplifie et nous dépasse. Eux, ils oublient cela comme ils oublient ce qui a fait de nous des personnes, c'est-à-dire des masques pour jouir de la vie et la supporter avec force. Et tout cela, peut-être, parce que les histoires d'amour sont peu nombreuses et parfois ne se produisent même pas ; une vie tout entière, si souvent, sans elles, même si c'est le mythe et non la réalité qui les alimente dans le désir, ou les rabaisse, dans l'envie.

6

Dans la vie adulte, l'amour est toujours loin, mais quand l'autre cesse de vous aimer – l'usure du temps, ou la lassitude – il vous autorise, parfois sans le savoir, à désirer qui vous désire. Il y a une partie de la conversation amoureuse – peut-être pas son sens le plus intime ou le plus précieux, mais celui qui la relie à la nature – qui s'interrompt ou décline lorsque le désir disparaît. Il arrive alors que chacun des membres du couple affronte une solitude différente et non voulue. Pas la solitude indispensable à la survie – que ferions-nous si nous ne pouvions pas être seuls, en quoi nous changerions-nous ? –, mais une autre, que nous n'attendions pas et face à laquelle, d'emblée, nous n'avons pas de réponse. Ou une réponse qui se trouve ailleurs, loin de nous, aussi loin que l'amour – c'est-à-dire la passion – dans l'âge adulte. Il règne soudain un silence profond et irritant (irritant comme une allergie, ni plus ni moins) et dans ce silence la conduite de l'autre nous est encore plus incompréhensible, tout en suscitant en nous moins d'intérêt, voire de la lassitude.

Les mots nous manquent ou leur sens a changé et ils ne sont plus, les mots, là où auparavant ils faisaient leur effet. Et l'amour sans la parole est comme l'histoire sans l'écriture. On entre dans une période sombre où rien n'a existé ni n'existe et par conséquent il peut se passer n'importe quoi dans ce temps, et de fait c'est ce qu'il se passe, mais comme ce n'est pas écrit il n'y a pas de trace et c'est comme si rien ne s'était passé. Je veux dire que le passé est défiguré et ce que nous croyons qu'il était est maintenant – était alors – d'une autre façon, ce que ni l'un ni l'autre n'est prêt à accepter. Parce que la mémoire est coupable – ou elle apparaît telle aux yeux de qui n'en a pas ou n'en veut pas – et le manque de mémoire, en revanche, est un visa qui ouvre toutes les portes, sans poids sur la conscience, annulant même cette conscience. Plus encore, de la même façon que la mémoire, à l'âge adulte, suppose la perte de certaines amitiés – ces amis dont le passé, pensent-ils, est dans votre mémoire, et même si vous ne dites rien, celle-ci est un miroir dans lequel ils ne veulent pas se regarder pour être aujourd'hui ce qu'ils pensent être et, surtout, ce qu'ils disent avoir été –, dans la vie partagée des amoureux aussi elle altère le cours des choses et il arrive un moment où elle ne devrait plus exister – quel ennui, la mémoire –, car, quand elle existe, c'est sous la forme d'une momie embaumée et bariolée, sous un aspect qu'elle n'a jamais eu ou de quelqu'un qui n'a jamais existé. La conversation interrompue quand le désir disparaît, c'est ce moment. Pas tout de suite, pas de façon immédiate, mais s'approchant peu à peu et en silence, comme un voleur dans une maison à la faveur de la nuit. La métaphore est exacte : la lenteur, le silence, le voleur et la maison. Quand on se réveille, tout a changé et les dommages provoqués par l'irruption de l'intrus semblent irréparables. Je ne dis pas qu'ils le sont, mais ils en ont l'air et ils en auront l'air pendant très longtemps. Peut-être toujours.

Ana, ma femme, vit au milieu d'étrangers. Ana avait voulu être anthropologue et elle travaillait aussi à l'université, à deux bâtiments de là où se trouve mon département. Elle était assistante au département d'art. De Lévi-Strauss – la passion anthropologique d'Ana était née de la lecture de *Tristes tropiques* –, Nigel Barley et ses Dowayo, Malinowski en Mélanésie, des *obiter dicta* de Geertz, elle était passée à Gombrich, Schlosser, Panofsky et Zeri. Elle l'a fait peu de temps avant notre rencontre, si bien que sa facette anthropologique a toujours été, à mes yeux, aussi obscure que l'âge de pierre, si l'on peut considérer l'âge de pierre comme obscur (il me semble que oui, simplement à cause de l'absence d'écriture). Je n'ai jamais su et elle ne m'a jamais dit pourquoi elle avait abandonné l'anthropologie, manifestant de façon tacite, mais fort claire, que ces années-là n'étaient pas à moi et que je perdais mon temps à fouiller dedans.

7

Ce matin-là, alors que je me rasais, la radio diffusait la chanson « Henry Lee », de P. J. Harvey et Nick Cave. Je m'en souviens parce qu'en l'entendant j'ai commencé un de mes exercices habituels lorsque je me réveille : chercher des antécédents, des références et des analogies pour m'aider à décider si je dois raccourcir mes pattes d'un demi-centimètre ou les laisser telles quelles. J'ai énuméré : d'abord, la ballade de Leonard Cohen « Joan of Arc », qui est sans aucun doute la matrice de « Henry Lee » ; ensuite, il y a *La Kermesse de l'Ouest*, même si je ne sais pas pourquoi ; peut-être parce que, dans le ton de cette chanson de P. J. Harvey et Nick Cave on perçoit déjà la nouvelle vision du Far West des années 1970 – *John McCabe*, *Little Big Man*, *Pat Garrett & Billy the Kid*... – ; et derrière, à cause de Cohen, il y a *Spoon River*, d'Edgar Lee Masters, et le poème « Annabel Lee », de Poe, mais pas en raison du nom de famille. La différence, c'est que dans la chanson l'amour ne figure que dans le ton et son prétexte est un caprice, qui de plus finit mal et trop vite. Dans la conscience de l'amour, il y a toujours son caractère éphémère, mais quand la mort intervient, elle est tellement mélodramatique que si l'on croit qu'elle magnifie l'amour en le figeant dans le temps, elle ne fait que lui ôter de la présence et l'affaiblir progressivement. Lorsqu'elle apparaît, la mort balaie tout le reste. L'histoire et son décor sont vite recouverts de poussière.

Je me suis dit que cela pourrait être l'exercice d'évaluation de la semaine (maudit plan de Bologne, qui nous a pris et qui nous prend tellement de temps). Je leur ferais écouter la chanson – que certains d'entre eux devaient déjà connaître – et je leur demanderais de dessiner un graphique de suggestions tout autour. Comme les anneaux de Saturne. De cette façon, je connaîtrais leur capacité à mettre en rapport l'art et la vie – l'enseignement universitaire ne devrait être que cela : l'art et la vie, la science et la vie, la pensée et la vie… – et je mesurerais la proximité (ou l'éloignement) entre la culture de leur génération et la mienne, ce qui chaque année constitue un objet de curiosité renouvelé. C'est-à-dire la détermination d'un point de départ pour parvenir, ce qui est de plus en plus difficile, à la relation spéculaire entre l'élève et le professeur.

Je parle de connaissances, bien sûr, mais on ne sait jamais quand arrive le complément intéressant, comme diraient certains de mes collègues, qui ne font pas allusion aux résultats académiques. Ceux-là mêmes qui bassinent les étudiantes avec Gil de Biedma, pur baratin, en leur clignant de l'œil au bar, comme des dragueurs de fête foraine, tout en demandant un autre gin, style Humphrey Bogart, tandis qu'ils posent leur griffe sur la hanche de la fille et se lancent à l'abordage avec la promesse d'une mention bien en guise de sabre entre les dents. Des faussaires qui jamais, avant de monter sur une estrade, n'avaient triomphé, aussi fréquents que la souplesse de leur nuque face à n'importe quel poste, la convoitise conspiratrice pour y accéder ou leurs prétentions narcissiques et les déguisements dont ils se parent : Shylock, Robin des Bois ou Henri VIII, selon l'origine de leur doctorat. Ou leur nature de vampires : l'usufruit sexuel de la jeunesse de leurs étudiantes comme élixir pour empêcher le vieillissement et l'appropriation de leurs travaux de recherche pour gonfler leur propre curriculum. Les vices académiques, en fin de compte, et la raison pour laquelle, si souvent, je me suis demandé ce que je faisais là. Pourquoi je ne prenais pas la fuite, comme Chatwin, par exemple, à la recherche d'une peau de saurien du pléistocène, des chants byzantins ou d'un collectionneur de porcelaines de Meissen, au lieu de rester assis à mon bureau, comme un invalide. Provisoirement, d'abord ; ensuite, non. Dans l'imaginaire de toute vie se cache toujours la fuite, la disparition, l'invention d'une autre vie différente. Toujours. Et la consolation se trouve dans le cinéma, dans les chansons, dans les romans... Mais ce n'est qu'une consolation et nous le savons. Pour le moment, « Henry Lee » avait servi à plus de choses que ce qu'avaient imaginé ses auteurs et ce matin-là j'ai laissé mes pattes telles quelles.

Après avoir lu le devoir, j'ai regardé le nom : Miriam Lasa. Elle citait Edgar Lee Masters et le film d'Altman, *McCabe & Mrs Miller*, le titre original, et pas *John McCabe*. Elle citait Cohen et parlait du désespoir de l'amour. Elle disait que l'amour devait être compris et non ressenti. Que le ressentir n'était pas toujours la meilleure façon de le comprendre, que cela induisait de nombreuses erreurs d'interprétation. Ensuite, elle ajoutait qu'on ne comprend l'amour qu'aux portes de la mort et elle citait à ce propos les poèmes-épitaphes de *Spoon River*. Elle mettait ces poèmes en rapport avec ceux de Cavafis, avec la conviction qu'outre la clarté des vers et, chez l'un comme chez l'autre, leur caractère lapidaire, il y avait une confluence de mythologies : la Grèce antique chez Cavafis et le Far West chez Lee Masters. Plus que ce que j'avais pensé en me rasant. J'ai cherché sa photo et j'ai vu qu'elle était plus proche de la quarantaine que de la trentaine, ce qui expliquait dans une certaine mesure la richesse de ses références par rapport à ses camarades, plus proches de la vingtaine que de la trentaine. Même si cela pouvait être injuste : à vingt ans, j'avais déjà lu Cavafis et Lee Masters, j'écoutais Cohen tous les après-midis et j'avais vu *John McCabe* dans un cinéma de quartier. Ce qui signifie que nous sommes ce que nous avons été et que ce que nous avons été nous a conduits à ce que nous sommes. Miriam Lasa devait avoir sa place à un endroit du trajet, mais je ne savais pas encore où. Je ne le savais pas encore et je ne me doutais pas davantage de ce que pouvait déclencher sa présence dans ce trajet entre le passé et le présent, que nous appelons la vie. La semaine suivante, je la convoquerais dans mon bureau, sans savoir que je commençais à me comporter comme un joueur de roulette : rouge ou noir, pair ou impair, pour finir par miser sur un seul numéro.

Ce jour-là, avant d'aller me coucher, je me suis servi un doigt de Glenfiddich dans un verre de cristal tchèque hérité de ma grand-mère et j'ai pris deux livres dans la bibliothèque – *L'Anthologie de Spoon River* publiée par Barral en 1974 et l'édition des *Vies imaginaires* de Marcel Schwob préfacée par Borges – en pensant qu'il y avait entre eux un rapport semblable à celui que Miriam Lasa avait établi avec Cavafis. Je me suis mis à lire au son des accords de « Skeleton Tree », que j'avais mis sur le lecteur de CD : « *Sunday morning, skeleton tree / Oh, nothing is for free. In the window, a candle...* » La littérature est aussi un arbre où pendent des squelettes et sans l'ombre allongée de laquelle nous ne serions rien : des fantômes sans mémoire errant dans une obscure avenue sans fin.

In the window, a candle...

8

Ce n'était pas une de ces filles de vingt ans au sexe ardent et peu regardantes sur la façon d'obtenir une bonne note. Elle n'était pas de celles qui tombent sous les pattes et les griffes de Rhinocéros ou de Porcus Singularis, ou – le pire de tous – de Rat Noir (j'ai toujours eu le chic pour donner des surnoms et des sobriquets qui ensuite se répandaient anonymement sur le campus), trois individus qui, dans leurs bureaux de l'université, avaient mis à genoux plus d'étudiantes qu'aucun confesseur n'avait fait agenouiller de pénitents, prêts, en échange de la satisfaction de leur caprice, à remonter leurs notes et à leur attribuer des mentions, et même des bourses pour travailler dans le département pendant quelques mois et alors passer du sol à la table, sur le dos, les jambes relevées et pédalant en l'air en quête d'un appui cosmique. Elle ne faisait pas non plus partie des plus timorées, du moins en apparence, qui se laissaient conquérir par ceux – il était facile de les repérer – qui avant de monter sur une estrade n'avaient jamais séduit personne, qui jamais, quand ils étaient dépourvus d'autorité, n'avaient embrassé ou caressé quelqu'un qu'ils désiraient et qui maintenant se sentaient fiers comme des roitelets tribaux, et leur nez et leur menton le montraient bien, dressés vers le ciel comme les jambes des allocataires renversées sur la table du titulaire du département. Ceux-là, je ne leur ai pas attribué un surnom à chacun – ils étaient assez nombreux –, mais un sobriquet collectif : le Club des Perroquets Castrés. Avec leurs plumes clairsemées ou en plastique tape-à-l'œil, avec leurs becs mous et leur gros cartable en cuir, signe de pouvoir et d'autorité. Alors qu'aujourd'hui on parle tellement de corruption, le jour viendra peut-être où on parlera de la déprédation sexuelle à l'université, des voyages dignes d'un sultan, des tapis persans et des fauteuils en cuir, des ventres arrosés de Moët & Chandon – le tout aux frais du contribuable – sur un canapé de la présidence, des thèses doctorales non écrites par leur auteur, des plagiats professoraux, des notes augmentées par certaines habiletés buccales, anales ou vaginales… De la *grande bouffe* académique – pour lui donner un nom –, de nos Humbert Humbert, de nos Strauss-Kahn et de nos Weinstein particuliers. Peut-être un jour parlera-t-on de tout cela. Ou pas, si celles qui doivent le faire sont celles qui ont avalé pour un « Bien », un emploi, une conquête à exhiber, ou simplement un moment de divertissement et de curiosité et ce qui s'est passé n'existe pas ou se confond avec ce qui ne s'est jamais passé et les commérages du *vulgum pecus*.

Elle n'était pas de ces filles de vingt ans délurées ou ennuyeuses, elle n'allait plus avoir trente ans et je n'ai jamais su entre quels bras elle s'était lovée, sans doute nombreux à cette étape de sa vie, car toute vie se nourrit d'affection et de soulagement et de chaleur permettant parfois d'échapper à l'âpreté du froid. Pour moi, la question – l'éternelle question – était la qualité de ces bras ; aucune autre question à ce sujet, et elle allait surgir ensuite, pas alors, pas au tout début. Pourtant, même en cela elles surprennent toujours et là où nous ne voyons rien, elles savent voir ce qui est là ou ce qui ne doit être là que pour elles, le temps que durera leur regard sur celui que nous ne remarquerions même pas. Mais à trente ans et quelques on est jeune et celle qui ne le sait pas, c'est la femme qui a cet âge et qui croit que son corps est en train de traverser une frontière dont on ne revient pas et qui ne voit pas la jeunesse qui habite en elle – avec un contrepoint de maturité resplendissante –, et souvent cet aveuglement la pousse à prendre des décisions qui ne sont pas toujours heureuses, qui ne l'aident pas toujours à trouver ce qu'elle croit devoir perdre bientôt, ce qu'elle ne souhaite pas. Moi, j'étais proche de la soixantaine et elle me paraissait être en possession de cette sorte de plénitude qui est la célébration d'une jeunesse sage et naturelle, sans sophistications et sans impostures, sans la maladresse de l'inexpérience, l'oubli et le brouillard. Le brouillard où habitent à jamais les premières années de notre vie dans le monde et le plaisir et le rire et la mélancolie de nous les rappeler meilleures ou pires qu'elles n'ont été – c'est là que nous commençons à romancer –, mais jamais exactes ni précises. La plus ancienne voie de Paris est la rue

Saint-Jacques, qui suit le chemin qu'empruntaient les mammouths pour aller boire à la Seine. La plus ancienne voie de la connaissance est l'amour. Dans l'amour, on usurpe le lieu de la mort et dans la mort, parfois, on occupe la place de l'amour : les frontières entre l'une et l'autre se confondent et cela procure une extrême lucidité que les autres considèrent comme de la confusion ; c'est ce que j'ai pensé quand ma mère est morte.

Il y a quelque chose de physique dans la mort de la mère qui ne se produit pas à la mort du père. Un vide s'installe dans le corps, semblable à la perte d'un organe. Ce qui était n'est plus là et on ressent l'absence d'une forme matérielle, presque comme un objet. Le vide se creuse dans le plexus solaire et rien ne va le remplir jusqu'à ce que, devenant une habitude, il disparaisse ou s'atténue. Mais devenir orphelin de mère – une fois que le père est mort –, c'est commencer à s'égarer dans l'espace. Quand on l'a perdue, on devient un astronaute dont on aurait coupé le cordon ombilical qui le relie au vaisseau et qui, à partir de ce moment, flotte dans l'espace, plongé dans l'obscurité. Là, tout est nouveau et pourtant rien ne l'est. Tout est à sa place, mais tout est loin et sans importance. L'espace sans limites est le nouveau liquide amniotique et l'infini, le placenta. Où l'on vit une vie – le reste qui nous est échu – plus finie que jamais. Parce que la sensation de finitude est maintenant précise et exacte : on n'a plus personne devant soi.

9

Elle est venue me voir dans mon bureau de la faculté avec le premier tome des journaux de Jünger dans son panier. *Radiations* : Deuxième Guerre mondiale, la France occupée et une parenthèse dans la campagne de Russie. Elle l'a posé sur ma table, sachant que ça allait me plaire. En cours, j'avais cité différents passages parisiens de Jünger en les comparant à des extraits, sur la même ville, de *The Unquiet Grave*, de Cyril Connolly. « Ce sont les meilleurs journaux du XXe siècle, écrits par un chasseur subtil de coléoptères et un chasseur de femmes, de bouteilles et de dépressions », leur avais-je dit un jour, je m'en souviens, et la mention des femmes et des bouteilles avait eu plus de succès que celle des coléoptères. Sauf auprès d'elle, qui m'avait demandé s'il existait une espèce portant, latinisé, le nom de Jünger. Je lui ai dit que oui et je suis passé à autre chose. Mais à la fin du cours, alors qu'elle quittait la salle, j'ai été frappé par son dos, tellement droit, le bord de son tanga noir dépassant de son jean, et ses merveilleuses fossettes, ces bords latéraux du losange de Michaelis également nommé – si justement – fossettes de Vénus.

Les pages de son exemplaire étaient remplies de post-it. À partir du premier tiers du livre, il y avait un post-it jaune par page. Elle m'a demandé si elle pouvait allumer une cigarette et je lui ai dit que oui, à condition d'ouvrir la fenêtre. Le soleil de printemps donnait au jardin de la faculté un éclat différent. Elle s'est mise à parler et sa voix était une voix pensée avant d'être dite, une voix qui articulait les mots avec le plaisir conscient de faire de la parole un art. Un art mineur, mais un art. Tout au fond, cette voix prenait une teinte sombre et chaude qui contrastait avec la luminosité froide de sa peau. Elle me dit qu'elle avait déjà choisi le sujet de son mémoire de fin d'année dans ma matière et qu'elle souhaitait que je la dirige. Elle était persuadée, dit-elle, que la plupart des femmes qui figuraient dans les journaux parisiens de Jünger étaient la même femme, camouflée sous différents noms, comme les coléoptères se camouflent sous des couleurs vives dans la jungle asiatique. C'est ce qu'elle a dit, la jungle asiatique. Je lui ai demandé, en riant, s'il y avait un lien secret entre la jungle asiatique et les couturiers parisiens sous l'Occupation et elle a ri elle aussi, mais par pure courtoisie, m'a-t-il semblé. J'ai pensé que la plaisanterie ne l'avait pas amusée ; elle voulait continuer à parler de ce qui l'amenait. Son travail traiterait de cela : de l'amour et de la fiction, de la littérarisation de la vie, de la façon dont la vie peut se changer en art. « En réalité, dit-elle pour conclure, mon travail traitera de la transsubstantiation. » Là, elle me parut excessive, mais je ne le lui dis pas. Si la beauté nous freine, l'apparition soudaine de la sensualité nous disperse, et c'était une femme très sensuelle et elle le savait. Je décidai de cacher que je le savais aussi et que je savais qu'elle le savait. Je ne sais pourquoi, ce matin-là, je pensai à Diane de Poitiers – « Celui qui m'enflamme a le pouvoir de m'éteindre », lisait-on sur le blason de sa famille –, la mettant en rapport, je ne sais pas davantage pourquoi, avec Brigitte Bardot dans *Le Mépris*. Certaines peintures de l'école française du XVIe siècle, j'imagine. Elle se reposant nue près d'un cerf dans la forêt, ou un tableau représentant Diane chasseresse, également nue et armée d'un arc et de flèches. Diane de Poitiers, me suis-je souvenu, montait à cheval couverte d'un masque pour que les branches des arbres n'abîment pas la beauté de son visage.

Sur l'amour et la fiction, ai-je dit en me levant pour mettre fin à l'entretien :

– Tu sais fort bien que l'amour chanté ou écrit est une invention des troubadours pour vous séduire, vous les femmes. Les poètes mentent et derrière la prose de Jünger il y a beaucoup de poésie. L'amour n'est qu'un masque du désir.

– Justement, a-t-elle répondu, c'est justement pour ça : parce que Jünger n'a connu que le désir à Paris, avec cette femme, et l'invention de l'amour ne lui a pas suffi, j'en suis convaincue.

– Eh bien si tu l'es, vas-y. Je brûle de curiosité de savoir jusqu'où tu es capable d'arriver, lui ai-je dit en riant.

– Tu dois dire ça à toutes tes étudiantes en fin d'année, a-t-elle répondu. Pour voir si elles mordent à l'hameçon.

Et elle m'a tourné le dos à nouveau, comme ce lointain matin du milieu de l'année, et j'ai vu qu'elle était plus grande que je le pensais, avec une grande ossature, quoique harmonieuse, mais elle ne montrait pas ses fossettes de Vénus, ni aucune parcelle de son corps.

Alors j'ai ajouté quelque chose. Je ne sais pas pourquoi, mais je lui ai dit, au moment où elle partait :

– Peut-être que ça te sera utile : les troubadours déguisaient les corps avec le sentiment et ensuite Flaubert est arrivé pour confirmer l'invention hystérique du sentiment, au moment de jouir du corps.

– Jünger, professeur ! C'est de Jünger que nous parlions ! a-t-elle crié sans se retourner. Pas de Flaubert, qui était incapable de monter sur un cheval. Il avait beau le décrire aussi minutieusement que Vélasquez, il était incapable de monter dessus.

Impertinente. J'ai regardé sa chevelure et j'ai eu une énorme envie de la tirer en arrière et de lui mordre la clavicule, comme dans une épigramme de Catulle ou de Martial, je ne me rappelle pas. Quel imbécile, ai-je pensé ; à ton âge. Ce qui n'était qu'une façon détournée de faire allusion au sien, qui m'insultait.

Deux semaines plus tard, j'ai reçu une enveloppe écrite de sa main, avec quelques feuillets qui présentaient les grandes lignes de son travail. Je les ai lus avec une curiosité jüngerienne et pas si jüngerienne que ça.

« Chez Jünger, il y a une pudeur qui enrichit la prose de ses journaux au lieu de l'appauvrir et qui provient aussi bien de sa condition d'homme marié que de son sens prussien de l'honneur. Un sens chevaleresque, développé à l'ombre du roi Arthur, dans les duels, l'orgueil d'une cicatrice au visage et les charges de cavalerie. Jünger arrive à Paris comme dans une ville conquise, prêt à y jouir de sa liberté en marge de sa vie de famille. En cela aussi, il est un guerrier de l'Antiquité. Paris est sa Guenièvre et il est son Lancelot. Il n'y a ni tabous ni interdits : seulement la vie et ses découvertes, ses quêtes et ses chasses subtiles. L'art et la littérature. L'entomologie et les vins et les livres. Il a quarante-six ans et il est marié depuis quinze ans : deux cycles de sept ans et il entre dans le troisième, deux métamorphoses. Mais sa vie parisienne sera celle d'un homme jeune qui jouit des vertus que lui donne la maturité. Particulièrement pour ce qui a trait à ses expériences érotiques, qui ont été assez nombreuses, moins toutefois – quant au nombre de corps – que ce que suggèrent ses journaux. Et beaucoup plus intenses, dans un des cas, que ce qu'il nous donne à croire. Son nom : Sophie Koch, épouse (car elle est mariée) Ravoux. Sophie Ravoux, qu'il ne nomme jamais autrement que la Doctoresse. Puis Camille, Mme d'Armenonville, Mme Dancart, Charmille, Dorotea et Armande. Sept femmes qui n'en sont qu'une : Sophie Ravoux, trente-cinq ans, onze ans de moins que lui, Allemande née à Magdebourg et juive par sa mère.

Un mois après leur rencontre, ils dînent ensemble chez elle. 6 décembre 1941. Ce soir-là, ils couchent ensemble. À peine un an et demi plus tard, l'intuition diabolique des femmes, pour qui la distance ou le temps n'existent pas, force la séparation. Gretha, sa femme, vit dans une inquiétude permanente et, depuis l'Allemagne, contraint son mari à mettre fin à cette relation amoureuse en le menaçant du divorce. Jünger écrit dans son journal : "Pour les hommes : notre situation, entre deux femmes, n'est pas sans rappeler celle du juge lors du jugement de Salomon – à cela près que nous sommes, à la fois, et le juge et l'enfant. Il faut nous donner à celle qui ne veut pas nous partager*."

Il n'écrit pas "d'un coup d'épée", parce que cette épée est la passion amoureuse, dont le scintillement est toujours visible tant qu'elle existe. Il fait l'économie de l'épée parce que l'épée le fascine. Dans le fond, il sait qu'il désire être tranché d'un coup d'épée, mais sa mentalité entomologique le sauve de son propre désir.

L'adultère, secret jusqu'alors, devient public. Seulement parmi les intimes, mais ce n'est plus un secret. Tous soutiennent Gretha, qui est une femme intelligente et merveilleuse. Sophie Ravoux, en revanche, est l'inconnue, l'intruse, l'expatriée, l'étrangère même. Aucun d'entre eux, que l'on sache, ne prononce le mot tabou, mais la balle est dans le canon. Certains sont très critiques. Gretha considère la relation comme le fruit de la *morbidezza* de son mari, influencé par les

---

* Ernst Jünger, *Second journal parisien*, traduit de l'allemand par Frédéric de Towarnicki et Henri Plard, Christian Bourgois éditeur, 1980.

séductions perverses de la Grande Babylone, Paris. Mais à aucun moment elle ne parle de passion amoureuse. Elle ne peut l'admettre : cela lui ferait encore plus mal. C'est seulement une affaire de chair, une chose décadente et malsaine. Des militaires amis l'invitent sur le front du Caucase, dans l'idée que le froid apaiserait ses passions, et il passe là quelques mois, mais à son retour, dans un de ces jours de tension et d'éloignement et de déception matrimoniale, Jünger s'interroge sur le genre de vie qui subsiste quand on arrache les racines qu'elle y avait plantées. Et elle, c'est Sophie – qu'il nomme par un de ses innombrables pseudonymes –, pas Gretha.

Cette sorte de vie serait la première partie de mon travail : en suivre la trace dans *Radiations*.

La seconde commence au moment où il quitte Paris. En août 1944, Ernst Jünger et Sophie Ravoux se retrouvent, mais le mariage avec Gretha est sauvé. »

10

Un mois plus tard, je l'ai trouvée, elle, appuyée à une colonne de la cour de la faculté, en train de m'attendre. Elle portait une robe courte, de toile légère, noire avec de minuscules pois blancs. L'air détachait sa robe de ses longues jambes fermes, la gonflant comme un ballon autour de sa taille, et rabattait ses cheveux sur sa bouche.

Je suis resté devant elle, à la regarder de haut en bas, aimanté. Elle n'a pas baissé les yeux, au contraire.

– Tu es très jolie, lui ai-je dit avec une certaine maladresse. La maladresse du type qui fait un compliment à sa grande nièce comme si elle ne l'était pas. Comme si elle n'était pas sa nièce, je veux dire.

– Ça fait combien de temps que tu as arrêté de fumer, professeur ?

– Sept mois très exactement ; j'ai encore envie.

– Eh bien fume-moi, a-t-elle dit. Fume-moi, professeur.

Je l'ai regardée dans les yeux. Elle ne souriait pas ; elle était très sérieuse, comme prête à célébrer un mystère atavique connu d'elle seule et dont elle seule, et personne d'autre sur terre, était la sorcière. Et il y avait quelque chose de sacrificiel dans ce mystère. C'est à cet instant que j'ai su que je me trouvais au seuil d'un territoire autre que celui de l'art et de la littérature et de la mémoire et du passé. Différent de la musique que j'écoute depuis des années et différent des paysages que je connais bien et où je suis moi et non un autre. Et en même temps complémentaire de ma vie, comme un gant est complémentaire de la main qui lui correspond. Ce territoire n'était pas terrestre ou l'était excessivement, et donc cessait de l'être. Et il possédait les secrets que je ne possédais plus : comme s'il était construit sur l'eau. La beauté de Venise, mais aussi sa menace. La beauté de Bordeaux bâtie sur les marais et frappée pendant tant d'années par le paludisme. J'ai écrit « j'ai su », mais c'est mon corps qui l'a su. Le premier à le savoir, c'est mon corps, et je ne lui ai pas prêté grande attention. Parce que ce n'était pas une étudiante que j'avais devant moi, mais Ève, Judith, Bethsabée, Dalila, Suzanne, Salomé... (Et moi, je n'avais même pas écrit *L'Art d'aimer*.)

Sur le chemin de chez moi, tout cela s'est dissipé dans l'air. Tout sauf l'impératif, « fume-moi », qui me cogne encore aujourd'hui.

Quand nous fumons, nous brûlons ; quand nous aspirons, la feuille de tabac et sa fumée nous brûlent les poumons et parviennent jusqu'au tréfonds de notre corps. Plus encore : elles troublent notre esprit, le rendent plus sensuel, et en même temps elles aiguisent notre lucidité. Dans le fond, le tabac est une métaphore de la passion, quand la pensée est plus large et profonde que jamais et que les sens du corps ont franchi la frontière de ce qui est exclusivement physique et que nous brûlons sans répit et que nous sommes opium, et le monde est une fumerie chinoise qui n'existe que pour être le décor de notre passion flambant neuve. Camille Claudel ne fumait pas, mais il y a une sculpture d'elle qui s'appelle *Profonde pensée* ou *Femme agenouillée devant la cheminée*, qui remplit une fonction semblable. La sœur du poète Paul Claudel sculpte dans le marbre une cheminée Art nouveau et une femme agenouillée, les bras levés, les mains appuyées sur la tablette. Par conséquent, cette femme nous tourne le dos et offre ses fesses nues – la tunique qui couvre son corps est très légère et transparente – à quelqu'un qui se trouve dans la pièce de la cheminée. Une pièce invisible, mais que la puissance de l'image rend instantanément visible. Dans cette pièce, la femme offre ses fesses nues au regard, à la caresse, au toucher ou au fouet – la position est bien celle-là – de celui dont elle sait qu'il est derrière elle, en train de la contempler, un personnage que nous ne voyons pas, pas plus que nous ne voyons le reste de la pièce, mais nous imaginons l'un et l'autre. Nous imaginons le tapis – de la Savonnerie –, les boiseries peintes en gris, quelques portraits, le canapé et les fauteuils à l'écart, un vase avec des fleurs sur la table basse. Et l'homme qui déambule dans la pièce et regarde la femme qui s'offre, dans un sacrifice qui est un appel et qui sera un acte d'adoration et de plaisir mutuels. Son frémissement à elle dans l'attente, son excitation à lui tandis qu'il marche sur le parquet comme un félin, dans une autre attente, dont lui seul décide la durée… Lui seul ou la profonde pensée qui émane d'elle ? Cet homme, est-ce Rodin ? Nous soupçonnons que oui, mais seul Rilke pourrait nous le dire. Toujours Rilke. En amour, il faut être Rodin et Rilke à la fois, pour pouvoir l'écrire et ainsi le voler au temps, qui détruit tout (et ce qu'il détruit le plus, c'est l'amour, son ennemi, celui qui l'arrête et l'embrase et par conséquent le désarticule ; l'amour est le seul à triompher face au temps). Rodin a réalisé une série d'aquarelles et de dessins exclusivement érotiques. Il demandait à ses modèles de se toucher, de se masturber, de se placer de telle façon que tous les orifices soient visibles, ou de se caresser entre elles et de former des figures géométriques l'une sur l'autre, dans différentes positions, qu'il allait croquer. Et lors de ces séances, il dessinait même la vibration du spasme dans l'orgasme, c'est ce que fait Rodin et je me souviens de mon trouble devant la sculpture d'une femme nue allongée, offrant aussi sa nuque, son dos et ses fesses, une jambe un peu soulevée et les plantes des pieds-fétiches offertes comme les fesses, lorsque j'ai visité sa maison de Paris. Il n'est pas difficile d'imaginer Camille Claudel et Auguste Rodin en compétition entre eux dans l'atelier – dessinant des courbes ou les modelant, les mains dans la glaise, l'élément originel de nos corps –, une façon de s'exciter avant de terminer enlacés, en composant des figures comme les modèles peints par lui pour ses archives secrètes.

Elle m'a dit « fume-moi », sur le même ton et avec la même intention qu'elle aurait pu me dire « fouette-moi », et c'est ce que mon corps a ressenti. Et le temps s'est arrêté, mais je n'ai pas voulu prêter attention aux signes. Car « Celui qui m'enflamme a le pouvoir de m'éteindre », selon les armoiries de Diane de Poitiers.

11

Ce matin-là nous étions au département, à regarder des photos de Sophie Ravoux et de Catherine Walston sur l'écran de l'ordinateur. Alors que nous commentions des points qui les réunissaient, outre l'époque, Miriam détourna le regard, ouvrit les jambes – elle portait une robe de toile légère, très courte, presque à la hauteur de l'aine – et me regarda fixement. Dans ses yeux il y avait du brouillard et sur ses cuisses la lumière du soleil et de la lune et là il était impossible de faire marche arrière. Je me suis levé et j'ai fait le tour de la table, sans qu'elle cesse de me regarder, d'un regard aussi provocant que sa jupe ou l'angle de ses cuisses. Nous nous sommes embrassés contre le mur et à la fin nous étions par terre, à moitié nus, et elle souriait, mais le brouillard de ses yeux s'était épaissi. Je suis perdu, ai-je pensé, comme mes parents l'avaient été avant moi. Et je l'étais et en l'étant j'étais hors du monde et dans son épicentre le plus tellurique et il suffisait d'un regard, ne parlons même pas d'un frôlement, ou de la conscience que j'allais la retrouver en tournant au coin de la rue : nous étions un fragment de l'univers et l'univers, une immense salle de bal et rien d'autre ne comptait ni n'existait quand tous les deux nous étions là. « J'ai perdu une boucle d'oreille », m'a-t-elle susurré à l'oreille et ensuite elle a ri comme si elle était en train de rire de ce qui venait de se passer. Et ce rire était une forme de remerciement.

Il y a une lascivité amoureuse qui est une métaphore du cannibalisme et, dans ce cas, lascivité est un mot qui devrait être un nom propre. Le nom d'une femme qui est toutes les femmes au début de l'amour. Quand Éros est tellement obsessionnel qu'il ne laisse pas encore exister l'affection ni la tendresse, cachées sous l'invention d'un alphabet qui se veut infini et tout-puissant. Quand le sexe est la destruction de l'un et la destruction de l'autre, pour laisser place à la construction d'un être qui ne peut être que mythologique ou une création des dieux destinée à jouer avec les hommes. De Janus bifrons à la bête à deux dos ou à l'araignée humanoïde. Lascivité était son nom avec moi et je l'épelais comme on épelle le mot parascève : las-ci-vi-té. Je l'épelais comme on se transporte d'une époque à une autre en prononçant un nom. Lascivité ou la splendeur de l'empire romain. Je l'épelais avec ma langue et mes dents ; je l'écrivais avec mes mains sur sa chair, qui était la mienne, et la mienne, qui était la sienne, et aucune des deux ne nous appartenait et l'une et l'autre nous appartenaient bien plus qu'elles ne nous avaient jamais appartenu.

Rien que d'autres que nous n'aient déjà ressenti auparavant – Ravoux et Jünger à Paris, sans chercher plus loin –, rien que ma famille ne connût bien, mais aussi quelque chose que la majorité ignore, quittant ce monde sans l'avoir connu. C'est du moins ce que croient les amants quand ils le sont, et l'être implique une métamorphose où peu de choses redeviendront ce qu'elles étaient.

Au bout d'un mois et après quelques subtils détours que je découvrirais plus tard, ma femme me dit qu'elle savait. « Je sais ce qui t'arrive et, s'il te plaît, ne me mens pas », m'a-t-elle dit. Au début, elle avait voulu comprendre, à condition que je parle et que je raconte, comme une façon de conjurer et d'expier et de revenir à la maison, je suppose, mais mon silence – digue de contention contre le despotisme de la passion amoureuse – a été plus fort et un autre silence l'a submergée et s'est emparé de notre foyer. Peu de temps après, elle m'a demandé de m'en aller. « Ce n'est pas que tu doives partir, a-t-elle souligné, c'est que tu n'es pas là. Et si tu n'es pas là, je me demande ce que tu fais là et ce que je fais à côté d'un fantôme qui ne sait même pas où il est, qui ne sait même pas s'il est quelque part. »

12

Tout le monde arrive blessé à l'état amoureux, car tout le monde s'appuie ou vacille sur la blessure d'un autre amour. En plus d'une autre vie, on cherche dans le nouvel amour le remède à l'ancien, sans se rendre compte que celui-ci renouvelle la cérémonie de l'autre. Que la promesse de la splendeur fait affleurer le désespoir et la douleur qui étaient là en un autre temps et que nous pensons amortis ou tamisés par ce temps. Que la splendeur vécue maintenant dans sa plénitude contient sa propre nostalgie, et que c'est la nostalgie d'une autre chose, qui ne nous plaît pas. Que quand nous aimons, nous aimons aussi quelque chose dont nous ignorons la nature. Quelque chose qui est loin de là où nous sommes. Loin de là où sont les amants.

Miriam, sa blessure se voyait dans sa façon de se donner : pas une cellule de son corps, de la racine de ses cheveux à la pointe de ses orteils, en passant par son regard humide, perdu dans l'ardeur amoureuse, et sa peau qui rougissait de plus en plus – comme si le sang dessinait des cartes destinées à être minutieusement explorées par un autre corps –, ne restait à l'écart. Pas une seule. Au début, Miriam était entre mes bras émerveillée de pouvoir être là de la façon qu'elle l'était ; pas à cause de moi, mais à cause de l'amour auquel elle échappait et auquel elle n'aurait jamais cru pouvoir échapper. L'amour comme une maison qui, une fois qu'on est entré à l'intérieur, se referme de l'extérieur avec autant d'hermétisme que de mystère. Et son audace et son effronterie du début n'étaient pas seulement des rituels de la femelle qui veut flirter sans aucune limite, mais aussi une façon de fêter la sortie de cette maison où elle avait été très heureuse et où elle avait fini par se sentir malheureuse. C'était cela sa blessure, le métronome qui allait marquer les hauts et les bas de notre relation : d'un côté mon mariage et de l'autre sa décision de ne pas rechuter. Les deux faces de la même médaille.

Je n'ai pas su l'interpréter à ce moment-là. Pas au début, en tout cas, envoûté par sa seule présence et par le ton de sa voix qui soulignait sa présence, aussi puissante qu'un incendie dévastateur dans ma bibliothèque ou ma collection de tissus asiatiques et de fétiches africains. Et dans cet incendie il y avait aussi ses manières, lentes et sensuelles, comme quand elle se tournait en penchant la poitrine jusqu'au sol et en m'offrant ses fesses ; ces manières étaient aussi dans la conversation, dans sa façon de décrocher le téléphone, d'ajourner un rendez-vous tant que j'étais avec elle, de croiser les jambes, de ramasser ses cheveux et de me montrer sa nuque nue en riant. Ce sera ton royaume, tant que tu le voudras, et je serai à toi comme je n'ai jamais été à personne. C'était ce qu'elle disait avec tous ses gestes, avec tous les signes. Et je la regardais hypnotisé.

Mais si la passion dévaste, la déception dessèche et transforme en désert tout ce qui naguère était vivant. La blessure d'Ana était l'anthropologie, c'est-à-dire une autre vie à l'extérieur, loin d'ici et en marge de notre couple. Ses contributions à la revue *Si...* d'Alberto Cardín, pendant sa dernière année d'études, son séminaire au département d'anthropologie de la Central, sa passion pour les sociétés précolombiennes... Et son choix, ensuite, de rester travailler à Barcelone – avec de fortes chances de s'installer à Londres l'année suivante et, de là, de partir pour l'Anthropology Institute of Massachusetts –, pour venir vivre avec moi sur l'île, s'inscrire dans une autre spécialité et préparer des concours pour entrer dans un département qui ne l'attirait ni peu ni prou : « Si je ne suis pas sauvée par sir Anthony Blunt..., me disait-elle en riant. En tout cas tes collègues ne le feront pas, et il est certain qu'ils n'ont pas une très haute idée de toi. Comme Blunt envers les femmes, je crois. »

Renoncer à sa vie pour faire partie de la mienne. Renoncer aux voyages, au travail de terrain, aux cultures exotiques et à la recherche de ce qui ne se trouve qu'autre part ; dans l'Autre Part. Renoncer à une forme de vie que moi, qui étais plongé dans la mienne, ne pourrais jamais lui offrir, ne lui offrirais jamais. Et avec ces sorcières, ai-je pensé sans le lui dire. Toutes stériles, physiquement et intellectuellement stériles.

S'agissait-il d'une malédiction installée dans le campus ? Toujours est-il qu'Ana non plus n'est pas tombée enceinte. Et, comme on dit, ce n'est pas faute d'avoir essayé. J'entends encore grand-mère Mettez un Peu de Tout : « Elle aurait mieux fait de se casser une jambe plutôt que de monter dans l'avion, la pauvre petite. » Mais Ana n'avait rien d'une pauvre petite. Ni pendant les années où nous avons été ensemble, ni quand elle s'est sentie reléguée par un fantôme, supérieur, comme tous les fantômes, à sa réalité corporelle. Quand elle s'est sentie expulsée du monde que nous avions créé pendant si longtemps, par le silence et la distance de celui qu'elle aimait encore et qui peu à peu était quelqu'un de différent et ne paraissait pas disposé à cesser de l'être. Alors la blessure s'est ouverte sans que je m'en aperçoive et, désabusée, elle s'est enfermée dans un monologue infranchissable. Vingt ans plus tard, sa blessure s'ouvrait et elle ne l'a pas laissée se refermer, bien au contraire : cette blessure, c'était elle seule, c'était plus elle que jamais et elle devait s'y retrancher pour ne pas s'effondrer et tomber. Elle l'a peuplée de *kachinas* et de masques d'or et de pyramides tronquées et de couteaux sacrificiels. Elle a été très claire : tant que je serais comme j'étais, je n'avais plus ma place à ses côtés, et elle insistait sur le « plus », afin qu'il n'y ait aucune ambiguïté. Et j'ai abouti dans ce vieux couvent en compagnie de Mme Rambova et elle, elle a demandé sa mutation, dans différentes universités espagnoles. Quand je l'ai appris – tard, comme tant de choses –, j'ai su que l'université qui l'embaucherait ne serait qu'une étape dans la vie d'Ana. Et qu'elle ne reviendrait jamais. Plus jamais, en insistant sur le « plus », car elle avait vu ce que même moi j'étais incapable de voir.

« Plus jamais, disait grand-mère Mettez un Peu de Tout, vous ne pourrez faire ce que vous avez fait aux femmes pendant des générations. Pas à moi, bien sûr, précisait-elle. Vous ne pourrez plus jamais le faire. Mais nous oui. Nous, nous pouvons continuer à vous faire ce que nous vous avons fait depuis la nuit des temps sans que vous puissiez même le soupçonner. Et ça ne va pas tarder, mon cher petit-fils, ça ne va pas tarder du tout. »

J'ai préféré ne pas lui demander ce que c'était, ce que les femmes nous avaient fait depuis la nuit des temps, mais quand Ana m'a demandé de quitter la maison, je me suis souvenu de ses mots. J'ai préféré ne pas lui demander si dans ce nouveau monde, dont elle annonçait l'arrivée, les hommes et les femmes allaient être plus heureux ou irrémédiablement malheureux. Les uns et les autres.

13

Tandis que je regarde une reproduction de *Suzanne et les vieillards*, du Tintoret – un vieillard de chaque côté du mur de fleurs et au centre, face au miroir, Suzanne nue, se caressant un pied, la peau délicate et ivoirine, des perles aux oreilles –, je pense aux couples qui ont pour habitude de se raconter leurs infidélités respectives et les détails racontés les unissent et les suturent davantage dans le temps, même s'ils vivent séparés depuis des années. Je ne sais pas si le prétexte est de se raconter ses trophées ou de rendre l'autre jaloux, mais j'ai pu observer que ces couples sont indestructibles, et c'est le fil narratif – un succédané de Shéhérazade et des *Mille et une nuits* – qui les maintient en marge de l'érosion définitive que les récits amoureux provoquent généralement dans ces cas. Je pense maintenant à Sartre et Beauvoir. Je pense à cette photo d'elle, nue et de dos, remontant son chignon face au miroir du lavabo. Chicago, 1952. Une photo volée comme était volée la vision biblique que les vieillards eurent de Suzanne. Mais au moment du déclic, le vol a cessé d'en être un et Simone de Beauvoir est restée devant le lavabo, enfonçant les épingles dans la tresse enroulée sur sa tête, les bras levés, comme une figure de Degas ou de Toulouse-Lautrec, la nuque découverte, plus nue encore que sa nudité entière. Quarante-quatre ans, les fesses déjà mûres, les jambes courtes, l'ombre de la cellulite. Et pourtant tout cela importe peu : son corps est un corps amoureux, après l'amour. Un corps qui veut être vu, comme si le regard était, non pas un délicieux apéritif à la jouissance, mais sa prolongation turbulente et le butin de la bataille, à la portée des soldats. Un corps comme celui de Suzanne après le bain. « *You are a naughty boy* », a-t-elle dit au photographe, Nelson Algren, un ami de son amant. Et elle a ri. Tout cela sans se retourner, sans le regarder dans le miroir : Suzanne du Tintoret ou Alice plongée dans ses pensées, ne se devant qu'aux bras d'Algren, qui la rendent heureuse, et c'est ainsi qu'elle se montre. Mais ce n'est pas tout. Le Castor a eu d'autres amants (avant et après), tout comme le hibou borgne et laid. Elle et lui s'échangeaient les étudiantes sur l'autel d'Éros et les fêtaient dans la tradition sadienne (non pas sadique) de Justine ou de Juliette, selon les jeunes filles. Toutes en proie à l'enchantement et à la fascination de la Sorbonne. Justine ou les malheurs de la vertu ; Juliette ou les prospérités du vice. Castor ou l'abbesse de Panthemont et le Khmer au regard déviant, un marquis de Saint-Germain qui raconte tout à sa femme Constance, qui à présent s'appelle Simone.

Je connais plusieurs de ces couples qui se racontent leurs expériences érotiques hors du domicile, comme sachant qu'il n'existe qu'un combustible capable de garder la cheminée allumée en hiver et que ce combustible est à l'extérieur : sous la neige et les hurlements des loups. Moi, en revanche, je préfère ne pas savoir et pourtant je suis condamné à tout savoir, à percevoir un amant étranger à distance et cela m'éloigne d'elle – de chacune d'entre elles – à la vitesse de la lumière. Je cesse de sentir et je me transforme en entomologiste agressif. Je ne supporte pas la métamorphose que je détecte, les changements subtils dans la peau ou les gestes que l'intrus a introduits dans une relation dont il ne mérite pas le simple contact. Pas plus que je ne supporte qu'elles me racontent – comme un besoin ou une marque de confiance – des choses sur leur mari ou leur ex-mari ou les amants qu'elles ont eus – « il avait soixante-dix ans et jamais personne ne m'avait pressé les seins avec autant de force » – et cependant je jouis de les entendre parler de l'exploration et de la connaissance de leurs sentiments érotiques et amoureux. Mais attention : sans noms, sans données précises, sans dates. Les silences sont aussi importants dans le récit que les mots. Dans tout récit, mais surtout dans le récit amoureux.

C'est peut-être pour cette raison que j'ai centré le cours dans lequel j'ai rencontré Miriam sur l'étude – la recherche, en réalité – de l'impossibilité de l'amour : de Shakespeare à Laclos, de Stendhal à Barthes… La liberté académique est aussi applicable aux caprices de département. C'est peut-être aussi pour cela que ma mère me disait que je ne comprendrais jamais rien à ses relations avec mon père. Mais ma mère oubliait grand-mère Mettez un Peu de Tout : les grands-parents racontent ce que les parents ne disent pas.

14

Il pleuvait et nous étions au lit. Elle s'est levée pour fermer la porte-fenêtre du balcon : ses jambes merveilleuses et son dos doré et droit, aussi inoubliable que le premier matin du monde. La splendeur d'un corps jeune croît selon une progression arithmétique ou géométrique selon l'âge que l'on a et au mien elle est toujours éblouissante : une électricité inestimable, semblable, j'imagine, à celle avec laquelle ma mère disait avoir consumé sa vie.

Miriam a allumé la lampe du bureau, une Fase Boomerang du début des années 1960. La céramique japonaise, blanche et grise, s'est éclairée lorsqu'elle a écarté ses longs doigts de l'interrupteur. Comme la gravure d'une autre céramique orientale, qui l'encadre. J'aime les lumières qui se limitent à un espace concret, laissant le reste dans une demi-pénombre, et je considère comme une invasion impertinente les lustres qui dénaturent tout, les visages et les objets.

– Au fait, professeur..., a-t-elle dit en revenant au lit alors que je gardais les yeux fixés sur le parfait triangle de toison noire. Brillante comme le jais. Elle a ri en remarquant la fixité de mon regard. Que regardes-tu, professeur ? Ne regarde pas, tu me gênes, et écoute-moi : ta comtesse Podewils apparaît dans les journaux de Paris ; on dirait que la sorcière avait le don d'ubiquité ; comme toutes les sorcières.

J'ai pensé qu'un des traits du désir est de transformer la femme désirée en sorcière et de lui octroyer le don d'apparaître là où elle n'est pas. La voir pendant quelques secondes à n'importe quel coin de rue, la voir dans une ville étrangère, la voir garer une voiture sur le trottoir dans un quartier insolite et découvrir ensuite que ce n'est pas elle : ce n'est jamais elle, mais, à travers ton regard, elle possède le corps des autres. En revanche, d'autres fois, nous ne savons pas la voir là où elle est vraiment, comme si elle était devenue invisible à nos yeux pour nous observer en toute liberté. Sorcelleries du désir.

– Tu crois, professeur, que Podewils et Ravoux sont comparables ? La première, on l'appelait Hexe, la sorcière, et la femme de Jünger, rancunière, appelle la seconde « fille de Babylone », ce qui est plus ou moins…

– Je ne sais pas si l'une et l'autre seraient fâchées de la comparaison, ai-je répondu. L'une était aristocrate et l'autre juive. L'une était nazie et l'autre avait fui l'Allemagne en raison des persécutions nazies. Et je ne crois pas que nous devions prendre tout cela à la légère.

– Je ne prends rien à la légère : toi, professeur, tu connais bien l'histoire d'amour de la comtesse avec Ridruejo ; et moi celle de Sophie Ravoux avec Jünger.

Sont-elles comparables ? Et plus encore : Jünger et Ridruejo sont-ils comparables ?

Lorsque nous baisions, Miriam ne m'appelait pas professeur. Elle m'appelait autrement. Elle le faisait dans la langue d'Éros, qu'elle dominait comme personne que j'aie connu auparavant. Aussi bien sa voix parlée que sa voix écrite étaient inégalables et un écho du passé – comme si elle appartenait à une secte secrète d'amants heureux – résonnait dans toutes ses phrases. Et dans cet écho résidait le mystère de l'univers. Sophie Ravoux possédait également ce don. Et Judith et Circé et Marie de Magdala. Et peut-être que Mechthild Podewils le possédait aussi. Et ma mère, je le déduis de certaines confidences indiscrètes de mon père. Celles qui me conduisent à Ridruejo et à une automobile qui traverse le Sud de la France, dans les années 1960. Celles qui m'aident à croire qu'elle aussi appartient à la secte des amants heureux. Ce que je ne sais plus, c'est si les siens ont été à sa hauteur, ça, je ne le sais plus. Dans une décapotable – elle avec le foulard à fleurs noué sur la tête, lui avec des mitaines en chevreau –, sur une route de Provence bordée par deux rangées de vieux platanes, et une chanson de Renato Carosone à la radio. Sorrente.

15

Jünger et Ridruejo sont-ils comparables ? avait demandé Miriam. L'étaient-ils ? J'y ai réfléchi quand Miriam est rentrée chez elle. En tant qu'écrivains, non : Jünger est infiniment supérieur à Ridruejo. Mais il y a des coïncidences. Tous les deux, ils ont porté l'uniforme de la Wehrmacht. Tous les deux, ils ont reçu la croix pour le Mérite. Et la croix de Fer. Tous les deux, ils ont combattu et pris part à la campagne de Russie. Tous les deux, ils sont tombés passionnément amoureux d'une femme qui, avec le temps, s'est avérée impossible, mais que le temps, dans les deux cas, n'a pas laissée tomber dans l'oubli. Le fantôme et la présence de ces deux femmes – Marichu de la Mora pour Ridruejo, Sophie Ravoux pour Jünger – réapparaissent à maintes reprises dans leur vie. Ridruejo était un idéologue du fascisme espagnol. Jünger – entre son journal de la Grande Guerre, *Orages d'acier*, et son essai *Le Travailleur* – alimente le nazisme, si bien que Hitler le considère comme intouchable. Quand Ridruejo est à Berlin, Jünger aussi se trouve dans la capitale du Reich. Et effet, il y avait d'autres choses, mais l'ironie politique veut qu'à ce moment-là, au début des années 1940, Ridruejo ait été plus nazi que Jünger, que l'on a tellement accusé de camoufler son nazisme dans ses écrits ou d'être le parfait révisionniste de lui-même.

Les écrits : ni la fameuse lettre ni le rapport politique que Ridruejo envoie à Franco ne sont les textes d'un proto-démocrate, comme on l'a parfois insinué, en raison de leur hardiesse, mais ceux d'un dissident du régime, aux convictions national-socialistes inébranlables. Pas même du fascisme, comme l'affirment d'autres : c'est du nazisme pur et dur. Et il observe l'évolution du gouvernement comme on contemple l'atelier de confiserie d'un couvent de bonnes sœurs alors qu'on n'aime pas les douceurs. Puis il part pour la Russie pour combattre le communisme et à son retour, malade, il fait la connaissance, à Berlin, de la comtesse-sorcière : « Cheveux châtains, magnifiques yeux bleus, corps svelte, conversation extrêmement amusante. » Elle a vingt-huit ans et deux enfants ; mariée avec un homme d'affaires impliqué dans la filière du tungstène espagnol destiné à la bombe atomique allemande. Elle travaille au service de presse de l'ambassade : invitations aux soirées de gala et communiqués de guerre. Elle domine le castillan et les jours suivants ils se promènent dans les rues de Berlin, ensemble ils fréquentent les musées, les restaurants et les cabarets, de plus en plus ensemble. Ils admirent le visage de Néfertiti et, se tenant maintenant par le bras – pendant quelques secondes, elle pose sa main sur la sienne –, ils passent à Rochegrosse et à la *Jeune fille couchée* de Boucher. La sensualité de l'art pompier ou l'extrême académisme comme prétexte sexuel, combiné à la *joie de vivre* du XVIIIe : tout se ligue en leur faveur. Jusqu'au soir où ils dînent à l'hôtel Adlon, où loge Ridruejo, et elle lui dit qu'il est « l'homme avec qui j'aimerais vivre toute ma vie ». Que s'est-il passé après ce dîner ? Je pense à Jünger et à Sophie Ravoux, sauf que Ridruejo n'est pas amoureux de Hexe alors que Jünger l'a été de Ravoux dès le premier instant. L'ombre de Marichu de la Mora porte loin et ne quitte pas Ridruejo, qui pense que Hexe possède « une immense tendresse et une beauté irrésistible », et l'une et l'autre, la tendresse et la beauté, le font se sentir comme chez lui, ce que la phalangiste De la Mora ne lui a jamais fait éprouver. La voie de la passion amoureuse s'est ouverte et c'est le désir qui l'a ouverte, le « corps svelte » de Hexe. Parce que cette tendresse est certainement un euphémisme : Ridruejo cache derrière ce mot l'ardeur sexuelle de Mechthild von Podewils, qui est une prêtresse d'Éros et non une allumeuse – je ne fais pas et je ne laisse pas faire – comme De la Mora. Dans leur mémoire à tous les deux, il y a *Léda et le Cygne* du Corrège ou *Le Verre de vin* de Vermeer, des scènes de complicité. Dans la sienne, propre à lui, *Vénus, Mars et Cupidon* de Piero di Cosimo et *L'Homme au casque d'or*, alors attribué à Rembrandt. Ensuite il retourne sur le front russe et ni la souffrance des juifs ni la barbarie nazie ne le changent : il est toujours ensorcelé. « Je me masturbe en pensant à toi », lui écrira-t-elle. Mais les jours passés à Berlin n'ont pas suffi pour qu'il se rétablisse et il retourne en Espagne. Franco (qui n'a oublié ni sa lettre ni son rapport ; Franco n'oublie pas) l'assigne à résidence à Ronda et la comtesse décide de lui rendre visite, avec Rilke sous le bras, et là se produit une double retrouvaille ; celle de l'amour et celle de la poésie.

Rilke avait vécu quelques jours à Ronda – dans l'hôtel même où Ridruejo est descendu – et maintenant il revenait avec ses élégies, dont la première avait été conçue à Ronda, traduites en castillan par Hexe, la sorcière, l'amoureuse, la jeune aristocrate qui prend des risques et abandonne mari et enfants avec pour objectif de captiver l'écrivain espagnol, avec Rilke sous le bras. Rilke si facilement amoureux, Rilke le désirant. Rilke, pas un *homme à femmes* mais un *homme à dames*, si possible avec un château ; lu à Ronda, au bord de l'abîme, par un *homme à femmes* – lui, il l'est – tenant par la main une dame de l'aristocratie allemande convertie en dame du nazisme. Pas en toc comme tant d'autres – les comtesses de la Gestapo à Paris : fausses marquises, baronnes et princesses avec des noms aussi sophistiqués que Mourousi, Abrantès, Tchernycheff, Beaufort, Olinska ou von Seckendorff –, mais authentique : la comtesse Podewils qui, peu de temps après, s'étant éloignée de Ridruejo, allait aider tant de hiérarques nazis à rejoindre l'Argentine depuis Madrid et Lisbonne, avec des faux passeports et des identités factices. Hexe, qui allait tomber dans une profonde dépression quand, après trois ans de relations érotico-amoureuses, Ridruejo la quitte pour se marier (et même marié il renoue avec elle à différentes occasions, comme cela se produit quand on a connu le mystère des amants heureux). Hexe, impliquée dans un complot pour enlever le duc de Windsor lors d'une partie de chasse en Espagne. Hexe, qui allait être réclamée par le commandement allié pour être jugée, et une voilette bleue, kaki et noire lui évita d'être livrée, comme l'avait été Pierre Laval, et d'autres encore ; pour que Franco puisse par la suite se jeter dans les bras d'Eisenhower. Hexe et ses tours de sorcière, allant jusqu'à la tentative de suicide. Et je n'oublie pas Olinska, la blonde comtesse Olinska, actrice de cinéma qui travaillait pour la UFA et qui avait peut-être lu Edith Wharton et son Âge de l'innocence – là aussi, il y a un Beaufort –, s'inspirant pour son titre de la comtesse Olenska, qui elle non plus n'avait pu être la maîtresse de Newland Archer, malgré la passion amoureuse qui avait défiguré leur vie. Les amantes qui ne l'ont pas été, tout en l'étant plus que quiconque. Comme Mechthild von Podewils, Hexe, par exemple, qui allait finir en Amérique du Sud, après les semaines passées ensemble près de la mer, s'aimant comme seuls s'aiment ceux qui savent que de l'autre côté il n'y a plus rien.

Pendant ce temps, la guerre touchant à sa fin, Jünger se cache à Kirchhorst puis à Wilflingen, dans la maison du garde-chasse à l'ombre du château familial des von Stauffenberg, où il vivra – embusqué, cela va de soi – en se souvenant de Sophie Ravoux, des jours de plénitude et de bonheur qu'ils vécurent ensemble à Paris. Mais c'est une autre histoire et c'est la même histoire. C'est toujours la même histoire.

16

Il existe une conscience moderne de l'intimité féminine qui est inaugurée par certains peintres du XXe siècle, et la langue française est son emblème : Paris comme métaphore de l'érotisme (déjà, Baudelaire voulait donner aux *Fleurs du mal* le titre *Les Lesbiennes*). Mais je reviens, encore et encore, à la langue de cette intimité : *Nu* ou *Femme allongée sur le lit* ou *Femme nue allongée* sont certains de ses termes, alors que la langue natale des peintres était autre, différente. Ils sont nombreux et ils hésitent entre l'Art nouveau et l'impressionnisme, mais leur zénith sera peut-être Modigliani. Femmes nues et étendues, qui exposent aussi bien leur sexe que leurs aisselles et qui regardent. À la fois offrande, orgueil de soi et défi. Le pouvoir de leur corps est leur conscience, nous disent ces peintres, et cette conscience est atavique et moderne. Pour la première fois, elle est moderne, même si elle provient de l'époque où Gê était leur maison et elles des amazones et des ensorceleuses, et nous, les hommes, nous regardions depuis l'autre côté du mur. Comme maintenant et ici. *Femme allongée sur le lit* : seulement les cheveux et les formes du corps sous les draps et l'édredon ou les couvertures : une cordillère qui continue de fasciner sous son aspect quotidien, même si le réalisme de la vie en commun détériore tant de choses. Comme le mirage de la passion amoureuse en sublime tant d'autres. Le regard humide de Miriam venait de ce territoire. Debout ou couchée, assise ou même de dos : quand elle était de dos, je voyais aussi ce regard. Et ensuite il y avait ses jambes, qui m'affolaient, et ce verbe n'est ni gratuit ni rhétorique. En les regardant, je ne pouvais pas envisager d'autres façons de célébrer la vie : elles disparaissaient toutes. Je mangeais ces jambes avec les lèvres, les dents ou les yeux, sans savoir qui était le félin en rut et qui était la proie. Elles prenaient ma taille en ciseaux ou grimpaient sur mes épaules, comme des lianes gymniques. Et dans cette captivité j'entrevoyais un autre aleph secret, le métronome qui régit le rythme du monde. C'étaient des jambes qui, après l'orgasme (ou une longue après-midi d'amour) tenaient ce qu'elles avaient promis – ce qu'elles continuent de promettre, cela ne se dissipe qu'avec l'âge – sous des jupes ou une robe. La même splendeur, aussi assouvi que soit le désir. Les jambes de Miriam possédaient une beauté à la fois sauvage et courtisane, mythologique et raffinée. Et quand je rentrais chez moi à pied, je pensais à Jünger à Paris avec Sophie Ravoux. Je pensais à Jünger la regardant dormir sous l'édredon, admirant ses jambes quand, au printemps, elle marchait nue dans l'appartement, parlant français avec elle comme les peintres intitulaient leurs nus en français, de la même façon que je parlais avec Miriam dans une langue différente de celle dans laquelle nous nous étions rencontrés. Une métamorphose qui se produit rarement – on parle généralement dans la langue dans laquelle on s'est rencontrés – et que j'ai toujours imputée au pouvoir d'Éros : la création d'un langage différent du langage quotidien pour protéger la passion du monde extérieur et inventer des clefs qui n'appartiennent qu'aux amants. Et ensuite, de retour à la maison, je pensais à la femme de Jünger et à la douleur causée et cela me ramenait aussi au lieu réel – la passion agit dans l'imaginaire désirant (pardon pour la pédanterie psychanalytique) – où je me trouvais sans m'en rendre compte. Et parfois – je me souviens de l'après-midi où Miriam m'a dit « tu n'as pas pu être écrivain et c'est pour ça que tu sors avec moi : pour vivre ce que tu ne pouvais pas écrire. À l'inverse d'eux, les écrivains, qui écrivent ce qu'ils n'ont pas le temps de vivre » –, je pensais aux vingt années qui nous séparaient et au professeur Immanuel Rath, de *L'Ange bleu*. Le fantôme du professeur Unrat, mais pas chez Heinrich Mann ; celui de Josef von Sternberg et Emil Jannings ; et aux jambes de Marlene Dietrich. Et Ana, ma femme, me demandait, en cachant sa préoccupation croissante, pourquoi je riais alors que nous n'avions aucune raison de rire, et elle avait raison, même si je m'efforçais de simuler, incapable de mesurer les effets secondaires de mon absence prolongée, aussi bien mentale qu'affective. Je riais de moi-même et il m'a semblé que Miriam pleurait quand elle m'a insulté et tout ce que j'ai su lui répondre, c'est que c'était précisément ce que j'avais vécu – et non ce que je n'avais pas vécu – qui m'avait poussé vers elle. Y compris Ana ; ou surtout Ana. Et j'ai ajouté : « Je suis désolé, je ne peux pas revenir en arrière ; les années passées pèsent sur moi. » Je mentais : les années ne me pesaient pas, avec elle, elles ne m'avaient jamais pesé, au contraire. Mais je savais qu'une phrase de ce genre lui ferait mal, comme ce qu'elle venait de dire m'avait fait mal.

Quand la suspicion fait irruption dans un couple, rien ne se déroule plus comme avant, rien n'est plus comme avant. La douleur causée par l'adultère provoque l'oubli de ce qu'on a partagé de meilleur au fil du temps et fige alentour tout ce qu'il y a eu de mauvais. Comme une constellation autour d'un trou noir sans début ni fin. Dès lors, c'est à travers ce tamis que passe la vie et il faut une force démesurée pour résister aux turbulences. Les blessures tarderont à se refermer et, si elles se referment, les cicatrices qui resteront s'irriteront aux changements de saison ou d'humeur ou simplement aux changements en soi. Face à n'importe quoi, elles s'irriteront et il semblera qu'on revient au point de départ, là où la suspicion s'est installée pour toujours, sans que l'on sache combien de temps on restera là, et tout recommence de la même façon et on se dit que rien de tout cela ne partira jamais. Alors, l'oubli est une nécessité ; pas tant l'impossible oubli de cette origine que celui de ses conséquences, tant les dégâts qu'elles produisent sont considérables.

17

Peut-être parce que j'étais plus près de la sensualité de la peinture orientaliste, je n'ai jamais fait partie du groupe de ceux qui ont fait leur éducation érotique dans les films de James Bond et leurs femmes fatales, aux courbes modernes, expertes en armes à feu et encore plus expertes en leur collection sensuelle d'armes cachées. Pas davantage dans ses romans, même si un matin, à Paris, j'ai découvert leurs merveilleuses couvertures dans une vitrine de Shakespeare and Company, et que je n'ai jamais oublié ces dessins d'insectes, de têtes de mort, de poissons étranges, de roses avec un revolver, dus à Richard Chopping, qui venait de mourir quelques jours plus tôt.

Mais l'imagerie amoureuse de Ian Fleming est à la littérature – y compris à la littérature de suspense et d'espionnage – ce que Los Indios Tabajaras est à la musique. Pour moi, en tout cas, élevé dans une famille où la vie n'a pas été seulement une affaire d'accessoires et de pyrotechnie, aussi spectaculaires fussent-ils. Et même si l'œuvre est ce qui conduit au personnage que l'auteur construit à partir de lui-même – si l'œuvre est bonne, le personnage est inférieur à elle ; dans le cas contraire, le personnage est bien supérieur et c'est un luxe que de l'exhiber dans les dîners (il le sait et il en profite), tandis que les invités crédules se régalent de ses fantaisies patinées de littérature et de ses mensonges égotiques, tout en mâchant une bouchée de porc à la moutarde et au miel –, dans le cas de Ian Fleming, ce fut le contraire.

Si l'on contemple les femmes de James Bond – un catalogue de mannequins articulés – et qu'en même temps on les écoute et qu'on entend bien ce qu'elles disent – plus exactement, si on entend bien le bruit de ce qu'elles ne disent pas, car la capacité de penser ne leur a pas été accordée –, le portrait de Ian Fleming qui se dessine est celui de quelqu'un d'incapable de comprendre une femme ; de quelqu'un qui projette sur elle quatre traits, les plus simples, de l'éternel féminin, pour qu'ainsi tout cadre dans son récit, dans son enquête et dans sa vie. Comme ces séducteurs compulsifs qui passent d'une femme à l'autre sans savoir exactement comment était la précédente et comment est celle qui est là à présent, et c'est la satisfaction de leur pulsion narcissique – se contempler en elles et briller – ce dont ils ont besoin, ce qu'ils recherchent et devront toujours rechercher, léchant ensuite les abandons comme si c'étaient leurs propres blessures, alors qu'ils ne sont qu'un miroir, celui de la compassion, qui doit justifier la réitération ultérieure de leur comportement. Ou comme ces amis de jeunesse – et ce genre d'amitié est voué à ne pas durer – qui appartiennent au genre corvidé et, incapables de chasser en territoire inconnu, attendent, comme des braconniers ou des charognards, que leurs amis conquièrent ou énamourent et que la familiarité qui s'instaurera ensuite avec la nouvelle venue soit la brèche par laquelle ils pourront se glisser et se jeter sur elle aussitôt que s'absenteront ceux qui l'ont rapprochée du groupe, avec la confiance que l'amitié inspire et qui est nécessaire à sa survie.

Qu'y avait-il derrière ce collectionneur de femmes qui n'existent pas dans la rue et qu'il disséquait dans ses pages dans toute leur splendeur ? Comment était la vie sentimentale de cet entomologiste d'une espèce inventée ? Face à ces questions, mon père m'aurait regardé avec la surprise de celui qui découvre les limites intellectuelles de son fils et ma mère aurait fait comme à son habitude : elle serait restée dans son monde étranger et détaché, sans aucun souci de quoi que ce soit et surtout pas des lubies inutiles de son fils, occupé à fouiller dans la vie des autres, dans la paix de son bureau de l'université. « Tu prends soin de ta femme ? » Telle aurait été sa réponse, mais elle l'aurait formulée en sortant de la pièce et sans attendre ma réaction. Je n'ai jamais su à quel moment de sa vie ma mère avait décidé de ne plus rien savoir de la vie de ses proches et, peut-être, de ne plus rien savoir du monde. Sauf de Sara Gorydz – dont la mère avait été peinte par Klimt, disait-elle – et de Paolo Zava. Probablement à Budapest, mais je n'ai jamais réussi à le savoir exactement. On ne parvient jamais à savoir quoi que ce soit, ou presque, de ses parents de façon exacte.

Je n'avais d'ailleurs rien de particulier à faire et elle ne se montrait pas à la faculté depuis plusieurs jours. Elle ne répondait pas non plus à mes appels – j'ai commis la faiblesse de composer deux fois le numéro de son portable –, ni ne me rappelait, cette exigence de notre époque, celle de l'anxiété numérique. J'ai pensé au véritable James Bond – un ornithologue installé dans les Caraïbes – et j'ai commencé à lire des choses sur Ian Fleming, à la recherche du secret de ses oiseaux au plumage soyeux et aux jambes interminables. Le secret s'appelait Maud Russell et il ne m'a guère fallu plus de deux heures pour le découvrir. Elle appartenait à la haute société britannique et son âge était proche de celui de Miriam. Contrairement à moi, Fleming était nettement plus jeune qu'elle et contrairement à moi Fleming était pour Maud, à ce moment-là, « la seule raison pour laquelle je veux revoir Londres » : l'amour et les villes que nous tenons au loin. Je m'occupais, dans mon bureau, à regarder des photos de Maud et de son mari – un officier du MI6 qui favoriserait la carrière de l'écrivain dans les services secrets –, tandis que Fleming évoquait dans ses lettres les plages de Tahiti, leurs huttes de palme, la peinture de Gauguin, les îlots coralliens, les jours lents et lumineux et leurs corps nus sous le soleil, leurs corps nus dans l'eau et leurs corps nus dans la pénombre de leur chambre. Los Indios Tabajaras, à nouveau.

J'ai pensé à Graham Greene et à lady Catherine Walston, mariée elle aussi à un aristocrate, officier des renseignements britanniques. Et Greene aussi a travaillé pour les services de renseignement de son pays. Mais j'allais revenir à Greene plus tard. Je reviendrais à Greene lorsque je me rendrais compte de l'impossibilité de l'amour et de sa fiction. Parce qu'il se produit un mirage dans l'amour, qui est précisément l'impossibilité de son existence, la certitude de son caractère fini, la négation d'une plénitude qui est vécue dans sa propre célébration, en la menaçant. Ce qu'on ne voit pas et ce qu'on ne veut pas voir quand on est jeune et qui, à l'âge mûr, est considéré comme la trame du récit. Maud Russell, de dix-sept ans plus âgée que Ian Fleming – bel homme et avec un air d'ange déchu, nous dit-elle –, le sait bien : « Notre différence d'âge nous empêche de nous marier », lui répond-elle, quand il lui demande de se marier avec lui (« Tu as toutes les qualités que je recherche chez une femme »). La différence d'âge est un argument aussi vulgaire que prudent – alors que l'amour n'est ni l'une ni l'autre chose –, un argument qui trouve son origine dans la proximité du souffle de la mort. Tout finit par tourner autour de la mort : Saturne et nous, ses anneaux, plus ou moins éloignés de son centre. « Au bout de quelques années, tu tomberais amoureux d'une autre femme et tu me demanderais ta liberté ; et il faudrait que je te la donne, après beaucoup de douleur et beaucoup de drames. » L'écriture amoureuse anglo-saxonne est aussi précise qu'un vers de Donne et exècre le baroquisme de Pope. Maud Russell refuse d'abandonner son domicile et de partir avec lui, même si elle l'aime toujours, et Fleming finit par se marier, quelques années plus tard, avec une nouvelle maîtresse du nom de Ann, adepte – comme lui, après la séparation avec Maud – de la flagellation sadomasochiste. Ou peut-être pas, peut-être était-ce le code privé de leur relation sexuelle, et non une façon de remplir le vide qui ne se remplit jamais. Exclusivement entre eux, pas avec leurs partenaires occasionnels, qu'ils eurent lorsqu'ils étaient ensemble, ni à cause de l'abandon de Maud Russell, même si – dans le cas de Fleming – je n'en suis pas si sûr.

Le vide qu'on remplit, les peines d'amour perdues, ou leur impossibilité… Fleming et Greene, tous les deux, ont travaillé pour leur pays : ils ont été espions ou informateurs. Le premier correspondrait au cliché politique de la droite de son époque : caviar et hédonisme charnel. Le second, celui de la gauche : foi et mauvaise conscience. Ils sont sceptiques l'un et l'autre. L'un et l'autre amoureux d'une femme impossible pendant toute leur vie. Et tous les deux, face à l'impossibilité de cet amour, réfugiés dans une autre passion amoureuse qui – cette fois pour de bon, bien qu'elle soit de moindre intensité – les a séparés de leur première femme. L'objet de Fleming, nous le connaissons : Ann, son fouet – aux coups duquel elle s'offrait aussi, provocante – et ses serviettes humides et ses onguents pour calmer la brûlure et la rougeur des fesses, et la calligraphie bleue et ardente. Celui de Greene devait être une Française, Yvonne, avec qui il passerait près de trente ans, à Antibes. Là, il n'y eut pas de fouet, mais de l'alcool et des havanes, des levers du jour face à la Méditerranée et une stabilité que la passion pour Catherine Walston avait réduite en miettes.

Catherine Walston, à l'inverse de Maud Russell, avait douze ans de moins que Greene. Mariée à un aristocrate, c'est sa volonté de se convertir au catholicisme qui l'a rapprochée de Greene (je pense maintenant aux conversations entre Charles Ryder et Julia, la fille aînée de lord Marchmain, dans les jardins de Brideshead). Lady Walston était fort belle, une des plus belles femmes d'Angleterre, avec un visage à la fois attirant et dur et une charpente d'une élégance sans égale. Elle non plus ne voulut jamais se séparer de son mari, un des aristocrates les plus riches de Grande-Bretagne. Je ne doute pas de la passion de Catherine Walston pour Graham Greene, qui fut énorme, mais parfois les écrivains, les poètes, sont le contrepoint parfait d'une vie orthodoxe et enrichissent – quand ils ne l'habillent pas – cette vie qui a brusquement besoin – à un moment précis et pas à un autre – des turbulences secrètes de l'adultère. La plus grosse part du prix de tout cela est toujours payée par un des amants, et dans ce cas ce fut Greene, pour qui Walston devait être le grand amour de sa vie. Mais, sans impossibilité, il n'y a pas d'occasion de grandeur en amour, car c'est dans la possibilité qu'il finit par se diluer et qu'il disparaît.

Un écrivain écrit et Greene était littérature. Son amour pour Walston est reflété dans un livre de poèmes, *After Two Years*, et un roman, *La Fin d'une liaison*. Du premier, il a publié vingt-cinq exemplaires, dont il a détruit plusieurs. Aujourd'hui, c'est une pièce de bibliophilie hors de prix. Dans le second, il fait mourir sa maîtresse d'un cancer : fin de l'histoire. Le mauvais génie de Greene, ses gesticulations dans le vide. De ce roman, on a tiré deux films – le dernier interprété par Ralph Fiennes et Julianne Moore – où l'on explique que sans drame il n'y a pas d'amour. L'amour, la passion, cela se paie. Un prix élevé, et si on ne comprend pas cela on ne sait pas ce que c'est que l'amour et on n'est pas conscient de ce qu'on a vécu et ensuite il faut vivre dans la peine.

Pour fuir tout cela, Greene est parti pour l'Indochine et a remplacé Catherine Walston par l'opium, et l'écriture de *La Fin d'une liaison* par celle d'*Un Américain bien tranquille*. Les écrivains ont la littérature ; leurs maîtresses ne le comprennent pas toujours, bien que ce soit elle, la littérature, qui les ait rapprochés et ensuite emportés et qu'elle ait été la clef de leur compréhension de l'amour. « Les femmes, a écrit Pavese, savent ou pressentent qu'un mystère sacré est célébré à l'intérieur de moi. » La littérature est ce mystère et ce sont elles qui le comprennent le mieux, sauf au moment où elles sont remplacées par elle, même si c'est pour les recréer ou les pleurer. Même si c'est pour cette raison, et si cela les honore et elles savent que de cette façon elles ne mourront jamais, parce que d'autres se regarderont en elles comme elles, auparavant, se sont regardées dans Justine ou Anna Karénine.

18

François Truffaut a écrit et réalisé *Baisers volés* et un philosophe oriental affirme que les baisers écrits n'arrivent pas à destination. Que les fantômes les interceptent en chemin et les avalent : les baisers écrits finissent par être des baisers volés. Par conséquent, n'importe quel amour épistolaire serait un amour non consommé, interrompu dans son évolution, un amour qui n'existe pas, ni maintenant ni jamais, car les fantômes le rendent fantasmagorique en se nourrissant de sa trace. Je pense aux *Liaisons dangereuses*, à Mme de Sévigné ou à Flaubert et à Louise Colet et je souris de l'affirmation du philosophe. Je pense aux baisers qui sont envoyés, sur les quais, aux marins embarqués, prêts au combat, et je me souviens des seins nus de plusieurs jeunes filles anglaises, qu'elles montraient aux soldats qui partaient pour les Malouines. Comme pour dire vous vous battez pour cela et cela sera à vous quand vous reviendrez, si vous êtes victorieux. Comme dans l'ancienne Grèce, même si on partait à la guerre avec un autre amour à côté, qui, à l'époque, disait son nom.

Ma mère me racontait que les femmes de sa génération se laissaient séduire par la beauté des uniformes – les pistolets sombres et les sabres étincelants et les décorations comme une constellation éblouissante – et étaient hypnotisées par la symétrie des parades militaires, « mais moi, ajoutait-elle en faisant un geste de la main, je sentais la mort derrière cette beauté ; seulement la mort ». Et ensuite, comme pour chasser une idée noire de son esprit, elle évoquait mon père – qui ne portait pas l'uniforme et qui devait alors être à Vienne ou dans la Chine de Tchang Kaï-shek –, me racontant, sans se demander ci cela pouvait me mettre mal à l'aise, comme il était amusant au lit, « toujours plein d'idées, ton père », et qu'il aimait tout particulièrement les architectures impossibles. (Je ne lui ai jamais demandé en quoi elles étaient impossibles.) Mais chez lui, poursuivait-elle, il y avait quelque chose qui se trouvait loin, loin de là où ils étaient tous les deux – loin comme les baisers une fois écrits, me dis-je aujourd'hui – et qu'elle ça ne la dérangeait pas, qu'elle n'avait jamais été du genre à attraper un homme tout entier. « Nous, les femmes, nous avons toujours quelque chose qui est ailleurs, à l'abri, disait-elle : nous pouvons comprendre cela. » En revanche, mon père, alors qu'il était proche de la mort, lors des après-midis où je lui tenais compagnie à l'hôpital, me parlait des femmes comme un collectionneur d'insectes. « Il n'y a que deux sortes de femmes, me disait-il : celles qui ont du goût pour la chose et celles qui n'en ont pas. Les premières rendent leur homme totalement heureux, en le satisfaisant. Leur royaume est celui de la nature et de l'instinct. Les autres édifient un royaume plus sophistiqué, une architecture impossible – c'est ce qu'il m'a dit, une architecture impossible – où elles le retiennent. Les premières l'engourdissent ; les deuxièmes l'éveillent », martelait-il. Et ensuite il rapportait à nouveau, contrarié, la manie qu'avait ma mère, dans les derniers temps de leur mariage, de s'échapper vers le bord du lit dans son sommeil, et quand il se levait, sortait de la chambre et revenait, il la trouvait serrant l'oreiller entre ses bras, de son côté à lui, comme si l'oreiller était lui à une autre époque et que lui était devenu encombrant, et cela ne se passait que lorsqu'elle dormait, jamais à l'état de veille ; dans son sommeil, elle fuyait pour se sauver, « je me demande ce que le docteur Freud dirait de cela », répétait-il sans cesse, comme s'il avait jamais éprouvé le moindre respect pour les médecins, les psychiatres et les sorciers. Et sur la table de nuit il y avait une photo de ma mère dans un cadre en argent, souriante, habillée pour un mariage auquel il n'était pas allé. Elle était radieuse. Il avait écrit au dos : « La femme que je n'ai jamais eue. » Mais dans ces après-midis d'hôpital, je ne posais pas de question, je ne pensais pas à Freud ou à ma mère. Je me demandais où étaient toutes les femmes qui l'avaient aimé ou avaient paru l'aimer. Où étaient toutes celles derrière lesquelles il avait si souvent disparu de la maison, pour finir par disparaître totalement et par mourir dans une chambre d'hôpital. Et je me rappelais les mots de ma mère : « Ton père était de ces hommes qui ne connaissent jamais vraiment la femme qui est à côté d'eux, tellement ils sont soucieux d'eux-mêmes et de leurs propres besoins. Et à vrai dire il est facile de tomber amoureuse d'un égoïste – cela m'est arrivé plusieurs fois – et ils le savent ; aussi facile que de ne plus être amoureuse ; cela, ils l'ignorent et ils ne l'apprennent jamais, bien que leurs relations se détériorent l'une après l'autre et, l'une après l'autre, sont vouées à la détérioration et à la perte, comme les baisers écrits, entre les mains et dans la bouche sombre des fantômes. »

Il est arrivé à mon père le contraire de ce qui est arrivé à Paolo Zava. C'est mon père qui a choisi. Il a choisi ma mère et Sara Gorydz. Et il s'est retrouvé sans aucune des deux. Zava, en revanche, s'est marié avec Sara pour la sauver et c'est ma mère qui l'en a supplié. Ma mère a aimé Zava pendant toute sa vie et s'il est vrai que, quand on est amoureux, les autres corps sont des intrus, sa collection d'amants occasionnels, plus ou moins éphémères, a été pour elle un refuge où se protéger de cet amour inachevé, comme une guerre est inachevée pour qui l'a vécue. « Dis-moi ce que tu veux et tu l'auras », lui avait dit Paolo Zava cet après-midi-là, à Budapest. Et elle n'a rien répondu et ensuite elle l'a enlacé et ils ont à nouveau fait l'amour sur le canapé de son bureau. Et avant de partir, alors qu'elle se rhabillait et qu'il la regardait depuis le canapé, ma mère, qui n'était pas encore ma mère, lui a dit : « Marie-toi avec Sara. C'est la seule façon de la faire sortir d'ici et d'empêcher qu'ils la tuent. » J'imagine ma mère contemplant les eaux grises du Danube au petit matin, avant qu'un soleil pâle les dore, et le fracas des canons au loin, très loin. Comme les coups de tonnerre d'un orage qui ne viendra pas. Et la surprise de Zava et sa réticence d'abord, puis son consentement. Après que ma mère l'avait regardé longuement, et dans ce regard il avait contemplé l'intensité de son amour, comme ma mère avait contemplé le Danube quelques minutes auparavant. Paolo Zava avait-il eu la force, ou la volonté, ou la capacité de conquérir Sara Gorydz à la fin de la guerre et après des années de vie commune ? Je l'ignore et ma mère aussi l'ignorait, je suppose. Jusqu'à ce qu'elle reçoive la lettre dans laquelle Sara disait qu'il était en train de mourir et qu'il fallait qu'elle se rende en Italie pour lui dire au revoir, parce qu'il l'avait toujours aimée et qu'il continuait de l'appeler dans son sommeil. Après tant d'années, il l'appelait toujours dans son sommeil. Et Sara Gorydz ajoutait dans cette lettre une phrase de la dédicace d'un livre de son mari sur le néoclassicisme : « S'il est vrai que la matière des rêves est la matière dont nous sommes faits, je suis fait de toi, que j'ai à peine tenue entre mes bras. » Je n'ai jamais vu ce livre de Paolo Zava dans les bibliothèques de notre maison.

Et s'il n'en avait pas été ainsi ? Car on a beau nous en raconter, nous ne savons jamais. On peut nous en raconter beaucoup, mais nous ne réussissons jamais à savoir et ce que nous savons commence à s'estomper à partir du moment où nous prenons conscience de cette connaissance. Et c'est justement pour cela que tout peut être l'inverse de ce que nous avons pu croire. Le mystère des parents tient à ce qu'ils ont été comme nous – ni plus ni moins – et que nous sommes incapables de comprendre cela totalement : notre condition d'enfants nous en empêche. Il se produit quelque chose de semblable avec l'amour : si on ne tombe pas amoureux, on ne peut entrevoir son ombre que de façon approximative, rien que son ombre ou son reflet ; amoureux, nous ne pouvons guère comprendre, parce que nous ne sommes définis que par cet amour vécu et nous n'avons ni yeux ni oreilles pour des explications ; rien que le toucher pour constater qu'aussi profondément que nous y pénétrions, nous restons toujours sur le seuil. Là est peut-être la racine du sacrifice qu'implique toujours la passion amoureuse. Peut-être est-ce de là que ma mère tirait la force de renoncer à Paolo Zava en échange de la vie de Sara. Mais qu'il frappe ou pas dans le mille, il est dans la nature de l'amour de se tromper. Pourquoi Zava accepte-t-il la proposition de ma mère ? Il est compréhensible que mon père, même avec un total cynisme, choisisse de sauver la vie de Sara même si le prix était de renoncer à elle, en plein inconnu. Mais il est également possible que ce soit ce même cynisme de mon père qui ait éloigné Zava et Sara de ma mère, pour la retenir auprès de lui – écartant, sous couvert d'une apparente noblesse, tout ce qui pouvait y faire obstacle – et ne plus jamais la perdre. Une fois à Madrid, Rome paraîtrait lointaine et l'Europe ne serait qu'une terre dévastée où la perte d'un amour ne pèse pas plus lourd qu'une plume d'oiseau. Les choses de la guerre. La vieille rengaine du temps et de la guérison. Mais Zava ? Pourquoi renoncer à ce à quoi on ne renonce jamais, malgré toute la douleur qu'on peut en recevoir ?

Ma mère n'a jamais parlé de cela et dans son silence nichait peut-être l'inattendu, la déception de l'amour. Peut-être que le fait que Paolo Zava accepte sa proposition a été pour ma mère la pire blessure. Qu'un autre nous exonère de notre mal est chose commode, mais pas qu'il nous mette face à ce dont nous ignorions l'existence et qui soudain nous blesse et nous cause du tort, sans remède. Par exemple, une certaine fatigue inattendue dans le regard de celui que nous aimons et en la décelant nous savons que nous ne voulons rien savoir de cette fatigue et que nous ne l'aurions jamais devinée si nous avions tu ce que nous avons dit. Par exemple : « Mariez-vous et partez pour Rome. C'est la seule façon de sauver Sara, mon amie. Il n'y a pas d'autre issue. Et puis là-bas elle sera pour toi une sorte de sauf-conduit qui estompera ton passé de journaliste du *fascio* ; penses-y. » Je n'ai aucun doute sur la capacité de conviction ou de séduction de ma mère, mais dans toute passion amoureuse il y a des jeux et des stratégies et des chausse-trapes et une guerre latente qui nous satisfait dans la victoire et qui nous satisfait dans la défaite. Nous voulons tout à la fois vaincre et être vaincus. Nous ne supportons pas de perdre, mais nous supportons encore moins que l'autre ne sache pas ou ne puisse pas nous vaincre. Sa proposition était empoisonnée : à l'origine, parce qu'elle venait de mon père, mais comme elle l'avait acceptée et présentée à Zava, elle s'était chargée d'un poison différent. Ma mère savait ce qu'elle faisait. Le sacrifice de l'amour consiste-t-il à renoncer à lui ? Probablement, mais pas seulement. Suffisait-il de savoir que la vie de Sara serait sauve ? Une guerre n'admet pas ce genre de considérations. Ou si, peut-être est-il vrai que l'amour peut venir à bout de tout. Mais l'amour pour qui ? Et voici que surgit à nouveau la présence invisible – elle a toujours été invisible dans ma vie – de Sara Gorydz, pas celle de mon père ni de Paolo Zava, malgré tous les livres de lui que contenaient nos bibliothèques. Comme si, dans les mains de ma mère, il n'y avait qu'une marionnette et que c'était Sara. Et si c'était le contraire ? Si ma mère avait été la marionnette dans les mains de Sara Gorydz, la maîtresse de son mari et ensuite la femme de son amant, et à l'origine de tout, le séjour des deux femmes à Rome, la jeunesse à peine inaugurée et l'amour – saphique ou non – qu'elles avaient tenu en marge de leurs autres vies... Nous ne savons jamais, malgré tout ce qu'on nous raconte ; ce n'est que dans le silence, parfois, que nous voyons et entendons clairement ce que jamais auparavant nous n'avons su voir ni entendre.

19

Je crois qu'il existe un point auquel seuls parviennent les amants et où l'impossibilité de l'amour devient tangible et établit entre eux deux un vide impossible à traverser. Quand on arrive à ce point surgit le désespoir sous sa forme physique et les amants se pressent contre le corps de l'autre comme s'ils allaient tomber pour toujours dans ce vide. Ils s'étreignent et s'accrochent à pleines mains, tirent la chair aimée, la pénètrent avec les doigts pour palper ce vide dans l'autre corps, se mordent, giflent ou fouettent pour atteindre l'impossible et dans la croyance instinctive que la décharge électrique doit être plus intense et satisfaisante et que cela seulement pourra compenser la conscience de leur impuissance. L'impuissance de savoir qu'ils ne seront jamais l'autre, que lui – ou elle – ne sera jamais soi. Aucun passeport ne permet de franchir cette frontière.

De la même façon qu'il existe des vies parallèles, et pas seulement chez Plutarque, il y a des histoires d'amour parallèles, ou tout au moins des histoires d'amour dont la connaissance nous permet de nous approcher d'autres histoires dont nous ne savons rien. Lorsque j'ai appris la relation entre Paolo Zava et ma mère, – jamais, avant sa mort, je n'ai pensé qu'ils avaient été autre chose qu'amis, à une époque où l'amitié était aussi précieuse que l'or (et l'or était plus précieux que jamais) –, j'ai repris les journaux de Jünger à Paris pendant l'Occupation. Je suis revenu à sa relation avec la Doctoresse et Charmille, qui étaient la même personne, Sophie Ravoux, selon qu'ils se rencontraient dans un appartement – le sien à elle ou celui d'un ami commun – ou qu'ils se promenaient en ville. J'ai pensé à Budapest occupée et à Paris occupée. À la guerre et à la liberté érotique et à l'accroissement du désir que provoque la guerre, comme une compensation de la proximité certaine de la mort. Comme réaffirmation de la vie face à la vision de la mort (cela se produit aussi après qu'on a assisté à un enterrement). J'ai pensé à mon père en tant que mari de ma mère, quand ni l'un ni l'autre n'étaient mon père ni ma mère, et j'ai aussi pensé au mari de Sophie Ravoux quand il était encore avec elle ; le premier avec les armées victorieuses sur le point de ne plus l'être – ni victorieuses ni armées –, le second enfermé dans un camp de travail, pas encore d'extermination. L'un, sur le point de vivre sa propre chute de l'Empire romain ; l'autre qui avait vécu sa propre destruction du temple de Salomon. Que fait la littérature sinon récupérer les émotions que nous n'avons fait qu'entrevoir et nous convaincre ensuite que nous avons été les sujets de ces émotions, ou les participants, avec une intensité identique ? La littérature, comme celui qui contemple les mosaïques d'or de la basilique de San Marco à Venise et s'y reflète en foulant les marbres de couleurs et, en contemplant ces coupoles et en foulant les cercles multicolores – seins dorés et mandalas byzantins, spiritualité et symboles du corps féminin –, ressent la promesse certaine de l'existence du paradis. Sans savoir qu'il renferme le vide.

Jünger décrit ainsi, dans son journal, sa deuxième visite à l'appartement de la Doctoresse. On suppose qu'ils ont déjà couché ensemble et cette supposition découle d'une note très brève écrite trois semaines auparavant : « Conversation avec la Doctoresse. Femme médecin, d'une intelligence déliée, précise, mercurienne. » Déliée, précise et mercurienne. Rien que ça. Et Jünger désigne l'environnement de leur rencontre comme la collection d'un naturaliste, Humboldt toujours à l'affût à l'intérieur de lui. C'est une description minérale – le regard arctique dont parlait Chatwin –, mais plus que l'entomologiste qu'il était, il a l'air d'un poète moderniste comme Tablada ou Rebolledo. L'escalier est couleur améthyste et forme la spirale d'un coquillage marin ; le noir du varech sur la glace du plateau d'huîtres dérive vers le vert de malachite, « merveilleusement plein de vie » (et j'imagine que la palpitation humide et la rétractation sous l'effet du jus de citron est cette beauté de la vie). Et entre les aiguilles de glace et les algues, « les coquilles d'huîtres striées de vert, incrustées de nacre, au milieu des reflets d'argent, de porcelaine et de cristal ». Nature et civilisation : Paris. Quelques jours plus tard, il note : « Il est très difficile, avec des femmes intelligentes, de venir à bout de l'éloignement physique. » Mais ce n'est pas tout : quand il retourne chez Sophie Ravoux, « il semble qu'on ait laissé le temps derrière soi », dit-il. Et il ajoute une phrase d'elle qui, quoique disant autre chose, parle aussi de cette marge du monde qui est le territoire des amants : « Personne ne sait mon nom, et personne ne connaît ce refuge. » Et il répond : « Il m'a fallu atteindre mon âge pour trouver plaisir aux rapports intellectuels avec des femmes. » Il a quarante-six ans ; il est à peu près de l'âge de Paolo Zava quand il a rencontré ma mère et j'imagine les établissements de bains de Budapest – leurs coupoles, leurs verrières et leurs piscines de marbres colorés – comme des basiliques païennes où ils se donnaient rendez-vous, dans la certitude erronée mais répandue que les amants sont invisibles là où les gens sont nombreux : marchés, églises, restaurants et cafés. Mais la rencontre spirituelle se réalise aussi dans la jouissance de l'anatomie : « Rendu visite à la Doctoresse qui gardait le lit à cause d'un lumbago. Conversation sur le corps humain ; particulièrement ensuite sur son anatomie. » La nouvelle intimité que lui offre la maladie. Et sur cette autre visite, il note : « L'aiguille de la montre court plus vite durant ces causeries – comme autrefois dans les forêts vierges. Pour provoquer en moi cet effet, divers facteurs sont nécessaires : la beauté, l'intelligence pleinement lucide et la proximité du danger. Je tente alors de ralentir par réflexion le cours des choses. Je freine la roue légère du temps. »

Dans les mots de Jünger, il ne m'est pas difficile de trouver Paolo Zava ; comme il me serait facile de trouver des traits de mon histoire avec Miriam : à l'envers. Mais ce qui m'intéresse, c'est la voix de ma mère ; imaginer ma mère, amoureuse sous la pluie, qui à l'Est a la couleur des uniformes de la Wehrmacht. Jünger situe la naissance de sa passion pour Sophie Ravoux – dont la trace allait demeurer au moins jusqu'en 1984, quarante ans plus tard – sous trois paramètres et un décor qui les contient tous les trois. Le premier, ce sont les magasins de gravures et les bouquinistes autour de Saint-Sulpice : les enluminures, les textes anciens, la littérature et la pensée comme des coussins où appuyer son ventre pour soulever les fesses et les offrir à l'amant. Le deuxième, ce sont les antiquaires de la rive gauche ; merveilleux et encore mieux fournis en temps de guerre : là, Jünger trouve la densité du temps, une densité semblable, celle des siècles, à celle que créent les amants, qui condensent en eux tous les amants qui ont existé et qui existent, tous ceux que nous connaissons et ceux que nous ne connaissons pas : depuis le roi David jusqu'à Rilke, pour ne citer que deux noms qui faisaient partie de sa carte génétique. D'un fragment de panneau gothique à un secrétaire Biedermeier et, dernièrement, d'un lit bateau en acajou à une aquarelle délicatement perverse de Foujita. Le troisième paramètre, ce sont les fleurs. Jünger amoureux semble habiter au centre d'un jardin et le jardin, à l'origine, était une métaphore du paradis. Devant nos yeux de lecteurs s'ouvre tout un atlas de botanique universelle qui est, à son tour, un véritable jardin proustien. Et Paris est là : dans Proust, qui en est l'emblème et le protagoniste de l'amour dans la ville, se projetant dans les gravures, les livres, les meubles et les fleurs. Et une affirmation qui parcourt tout le récit, comme une clef secrète pour les initiés : seule la culture enrichit la vie, seule la culture dote l'érotisme d'une richesse supérieure. Et là, Jünger écrit : « Il est des conversations que l'on peut qualifier de rêveries d'opium à deux. » À lire les lettres que j'ai trouvées à la mort de ma mère, cette rêverie d'opium à deux a été l'étape suivante de sa relation avec Zava, quand ni l'anonymat des bains ni celui des cafés de l'Empire austro-hongrois ne furent plus suffisants.

L'éthologie et l'amour. À la fin de l'année 1941, Jünger, qui est un artiste du camouflage, passe Noël dans sa demeure de Kirchhorst et se promène dans le jardin aux canards : « Ils s'accouplent dans les flaques d'eau que la pluie a créées dans l'herbe. La cane se place ensuite devant le mâle et bat des ailes en se rengorgeant – formes primitives de la coquetterie. » Il n'est pas difficile d'imaginer ce qu'il pense, happé par la dévotion érotique de sa maîtresse et par ses talents : il y a des jours qu'il ne la voit pas et n'est pas dans ses bras. Paris et l'appartement de Sophie Ravoux. Quand la femme – n'importe quelle femme –, satisfaite, saute du lit et se promène nue dans la chambre en direction de la salle de bains et tout à coup semble se raviser et s'arrête et, marchant à reculons, se rapproche à nouveau du lit et lève les fesses et les remue à la hauteur de son visage à lui et attend un baiser ou une claque ou la répétition de la cérémonie et tourne un peu le cou et regarde, comme dans l'attente, et recommence à bouger les fesses comme une danseuse de harem, les jambes marquant le pas de la danse et la chair, quoique ferme, tremble de la même façon que le sifflement d'un appeau dans les joncs du lac et on entend le battement d'ailes des oiseaux. « L'amour d'une femme donnée est double, car d'une part il s'adresse à ce qu'elle a en commun avec tous les autres millions de femmes, et d'autre part il la distingue de toutes les autres et n'appartient qu'à elle. » Et l'imagination érotique est surtout la sienne, Judith ou Dalila, la soumission et la domination sont des jeux inévitables – des jeux pour anesthésier le vide déjà mentionné, des jeux pour retarder la mort –, et les déguisements apparaissent et les cordes et le battoir et le fouet souple et les corsets qui rehaussent certaines parties du corps et les sous-vêtements sophistiqués et les désirs les plus secrets et ce qui nous ramène à l'enfance, quand nous n'avions pas encore été expulsés. Et Zava se mélange avec Miriam et Sophie Ravoux avec ma mère et… Et là je dois m'arrêter pour poursuivre avec l'expérience amoureuse de Jünger comme une maison habitée par nous tous. Le souvenir de l'amour par délégation : de la même façon que ceux qui ne l'ont jamais vécu le contemplent au cinéma.

20

Il est un moment dans la vie où on franchit un équateur invisible, un cap Horn, et on ne se perce pas le lobe de l'oreille pour y accrocher un anneau d'argent, mais quelque chose change irrémédiablement, quelque chose de subtil et d'irréfrénable modifie les lignes du puzzle où se tenait la vie et à partir de ce moment une légère distorsion – légère mais implacable – s'empare de l'espace et du temps et rien n'est exactement à sa place sans avoir cessé de l'être. « Je suis flou », dit Woody Allen dans *Harry dans tous ses états*. Flou. L'appartenance de cette vie et l'appartenance à cette vie se brisent sans se fragmenter et le mouvement de la terre sous tes pieds devient perceptible. Par exemple dans la déception face à la tromperie – ou ce que l'on tient pour de la tromperie – et la méfiance que génère cette déception. Par exemple dans la proximité de la mort et le tremblement soudain face à la certitude de la fin, si nous parlons d'eux. Par exemple face à la splendeur du désir, une splendeur que nous croyions perdue, si nous parlons d'eux et d'elles. Oui, c'est aussi facile et aussi vulgaire que cela. C'est-à-dire aussi humain. Mais le plus curieux, c'est qu'avant l'arrivée de ce moment on ne détecte rien, aucun avertissement, et nous connaissons tous l'existence de la tromperie – chez les autres, mais nous la connaissons et nous ne devrions pas nous croire à l'abri – et nous savons que seul le temps est infini en soi et que nous n'en recevons qu'une portion avare et éphémère – sa seule propriété, c'est d'être éphémère – ; et adieu. Chaque fois plus proche, cet adieu. Mais notre vie possède l'ordre cartésien d'un jardin à la française où la mécanique secrète qui pousse au changement comme seule certitude d'être vivants est domestiquée dans les parterres, les massifs de fleurs, les jeux d'eau, les labyrinthes de cyprès, les amphithéâtres de lierre ou les haies de buis. Même les oiseaux et les insectes sont minutieusement répertoriés dans ce jardin et rien ne paraît devoir jamais en altérer l'ordre ni le répertoire, même si, dans le flirt avec la vie, on suppose et dit le contraire, croyant stupidement que le contraire ne concerne que les autres. Comme une maladie mortelle. Jusqu'au moment où ce qu'elles n'ont jamais dit pèse davantage que ce qui a été dit et où elles s'en vont, et chez eux, la suspicion d'un cancer, même si finalement ce n'en est pas un, bouleverse et ranime le désir, comme bouleversent aussi la vision du cap Horn et le nouveau cycle – tellement bref et en décadence, la plupart du temps – qui nous attend après. Et le changement se produit et le changement se projette, chez eux, sur une femme plus jeune – là aussi, la vulgarité, et la conviction que cette vulgarité est la source de la vie –, qui les éloigne de la vision de leur détérioration dans le regard de leurs amis – l'ennui et la monotonie, les dissonances et les rancœurs enfouies et qui n'affleurent jamais –, de l'amour fatigué – l'amour qui ne se dit plus – et de la dispersion centrifuge de la famille, ses membres étant de plus en plus éloignés les uns des autres, avec la certitude maladroite qu'une racine atavique – le sang – les unit, sans vérifier si la mécanique de la volonté – aussi importante que le sang – est lubrifiée ou si, faute d'entretien, elle rouille et se grippe. Et cela est plus que suffisant pour que la faute disparaisse – la faute est très laide, personne ne la désire, disons-nous dans notre île – ou mieux, se projette sur la nouvelle venue, coupable de tous les maux infligés au jardin, du vent et de la grêle – bien qu'il serait plus exact de parler d'insolation –, de la même façon que c'est sur l'étranger que retombent tous les soupçons, tous les ragots et toutes les médisances, dans quelque communauté que ce soit, surtout les plus petites.

Et c'est là que l'on peut parler de la stabilité dans l'instabilité. Ce qui n'était pas stable et l'est maintenant et le sera encore à l'avenir, et très probablement pour toujours. La recherche de l'équilibre dans l'instabilité pour continuer à fixer son regard, même si l'on est… flou ? La stabilité perdue, l'instabilité qui en résulte est le lieu où garder son équilibre, avec ou sans succès. Et, seulement quand il sera trop tard, savoir si nous nous sommes trompés dans ce choix, ou pas. Ou, ce qui revient au même : si nous nous sommes trompés dans notre vie ou si nous renforçons sa cohérence, sachant que cette cohérence était notre maison et qu'à partir de ce moment notre maison recelait la possibilité d'une erreur. Quand il sera trop tard pour retourner là où nous nous sommes perdus, ou là où nous avons rencontré celui que nous avons été sans le savoir jusqu'alors. Sous la lumière, une lumière que nous avions oubliée, si toutefois nous avons jamais eu l'occasion de la contempler. D'où mon cours sur l'amour et l'écriture. Et la proposition faite à mes rares étudiants de considérer la vie des écrivains choisis comme un travail de terrain où je serais pris au piège. Un épisode amoureux dans la vie de Jünger, Fleming ou Greene. Pour ma part, je me réservais Ridruejo, et ma mère et mon père et, derrière, tous mes grands-parents. Pourquoi aucun d'entre eux n'a-t-il décidé de se perdre là où il se sentait perdu, conservant le jardin saccagé et optant pour *il gran rifiuto* et s'abandonnant de temps en temps à la mélancolie du *duduk* arménien – que j'écoute en ce moment, tandis que j'écris –, comme la danse d'un poisson des abysses là où l'océan est sombre et où on ne peut rien voir ? Ni la phosphorescence de l'amour ni sa danse ne peuvent plus être vues. Pourquoi Jünger a-t-il renoncé face au magnifique amour de Sophie Ravoux ? Pourquoi la maîtresse de Fleming l'a-t-elle voulu loin d'elle ? Comme Catherine Walston avec Greene. Et De la Mora avec Ridruejo, avant qu'arrivent la comtesse Podewils et, de façon passagère, ma mère. Ici, le seul dénominateur commun, autre que l'amour, est aristocratique : les Anglaises l'étaient, comme l'Espagnole qui avait été à la tête de la propagande franquiste pendant la guerre, comme la comtesse nazie qui traduisait Rilke… Et il y a quelque chose de puissamment aristocratique chez Jünger, bien qu'il n'ait pas une goutte de sang bleu : l'écriture. Quelque chose que Jünger savait fort bien et que leur instinct à elles – cet instinct qui les fait demeurer à travers les siècles – aspirait à conserver chez ses maîtresses, comme si l'écriture était aussi une façon d'être immortels. Pas seulement par le sang, les arbres généalogiques et les blasons, non. Béatrice et Dante, ou Laure et Pétrarque. *Un bel morir tutta una vita onora…* Le *bel morir* de l'amour inachevé, peut-être, qui peut-être un jour remontera à la surface, comme les épaves d'un vieux naufrage.

Mais aussi, dans son calcul sentimental – si cela n'est pas un oxymore –, la considération de la passion comme un passage à vivre dans la vie, l'escale d'un port exotique, une distraction frénétique à durée limitée et c'est tout. Rien qui prenne le pas sur les journées toutes tracées, les cocktails en famille, le bridge, la tradition prévue, les relations entre pairs. Mais Sophie Ravoux, elle – adepte du bonheur dans le malheur de l'époque et prêtresse d'Éros comme une forme de reconnaissance face au don de la vie –, ne se souciait en aucune façon de la survie dans le temps, mais, dans la jouissance partagée, en épuisant ce temps, généreux, inhabituel et étrange. Pendant l'Occupation, une fois la guerre terminée et au-delà. L'amour étranger aux normes des hommes. Elle appartenait à une lignée plus sage et plus ancienne que n'importe quelle noblesse européenne. Ses ancêtres formaient les tribus d'Israël et gardaient l'Arche d'Alliance, alors que les ancêtres de la noblesse européenne étaient illettrés, vêtus de peaux d'ours et chassaient les aurochs dans la forêt, la nuit, au milieu des hurlements des loups. Sophie Ravoux était juive et dans ma famille il n'y a jamais eu la moindre goutte de sang bleu.

21

Quand ma mère a dit « ce soir je mets la voiture sur le bateau et je vais en France chercher un de mes amis », mon père était absent de la maison depuis plusieurs semaines. Une artiste de music-hall connue, je l'ai su des années plus tard. Je me souviens qu'elle était nerveuse tandis qu'elle préparait sa petite valise – une Louis Vuitton que papa lui avait offerte, pour les voyages courts –, disant à grand-mère qu'elle ne partait que pour quelques jours. Qu'elle montait en France et qu'elle revenait, en passant d'abord par Madrid. C'est ce qu'elle a dit : monter en France, « comme si on montait en France en ballon », ai-je entendu marmonner grand-mère Mettez un Peu de Tout. Puis elle a ajouté à voix haute : « Profite bien et ne te demande pas si tu fais bien ou mal. Contente-toi de faire et sois le plus heureuse possible. » C'est ce dont je me souviens et cela coïncide avec ce qu'elle allait me raconter des années plus tard… :

« Elle avait été sa maîtresse, oui, et l'amie de sa femme. C'est sa femme qui lui a demandé d'aller le chercher à Paris et de le ramener à la maison. À cette époque, elle en avait assez de lui et elle n'en pouvait plus. Elle n'avait même pas la force d'aller le chercher. Ta mère lui a dit que oui ; les deux couples étaient amis. Je me les rappelle, tous les quatre, oui, avec ton père (un vrai drôle, ton père, une canaille qui pouvait courir après une comme après trois, mais il faut dire qu'il savait prendre soin de ta mère, quand il revenait de ses bringues interminables), les quatre au bar de Chicote, c'est là que je les revois. Ils aimaient rire, ils se faisaient remarquer, ils étaient différents, on aurait dit des étrangers... Je te l'ai dit, sa femme a demandé à ta mère de le ramener en Espagne, elle ne voulait pas y aller elle-même. Supporter un écrivain ce n'est pas une vie, et elle en avait assez de ses accès de mauvaise humeur et de ses caprices perpétuels : maintenant je m'en vais, maintenant je reste, ce pays est étouffant... Et ainsi de suite. N'oublie pas qu'il était fils unique.

Ta mère a accepté, ravie : il lui plaisait (il plaisait aux femmes, avec sa voix profonde et son bagout enflammé) et ton père était alors au milieu d'un archipel amoureux, nageant d'île en île sans réapparaître, sans donner d'autre signe de vie qu'un ou deux appels téléphoniques, aussi imprécis que lointains. Au cours de ce voyage, ils sont devenus amants. Non, je ne peux pas dire combien de temps cela a duré, mais dans leur groupe d'amis cela n'avait rien d'extraordinaire. Tout le monde couchait avec tout le monde, ne fais pas cette tête éberluée. Malgré Franco et l'Église et le Concordat et tout ce que tu voudras, c'était un vrai lupanar, désolée de le dire. Ils se sont toujours considérés comme, disons, assez libres dans leur vie privée, comme s'ils vivaient en marge, ou que les règles n'avaient pas été établies pour eux, ou qu'ils s'en fichaient royalement. En fin de compte, ils avaient gagné une guerre. Vous, quand vous jouiez à faire les hippies, vous pensiez que vous aviez inventé la nature et le sexe et l'amour libre… Quelle naïveté… Tu aurais dû les voir : la même chose, mais dans les formes, et tirés à quatre épingles, smokings, chemises de soie, Christian Dior et 4711, beaux, beaux à ravir (pas comme vous, qui empestiez le patchouli et portiez des vêtements élimés et effilochés et des chevelures de Sioux). Et le lendemain, ni vus ni connus, l'usage de la double morale pour rester au sec, mais ils n'allaient pas à la messe, ça non, beaucoup de simagrées, mais dans une certaine limite. Parfois, j'ai pensé que le fait de vivre à l'écart de la vieille ville, dans des maisons isolées ou des villas modernes (toujours avec un jardin, la métaphore du paradis) était, en soi, une façon d'être dans le monde, de se manifester en société et de se vouloir plus libres. Enfin, ce qui est sûr c'est qu'ils l'ont été : dans beaucoup de leurs habitudes, ils l'ont été (ils aimaient le jazz, prenaient le soleil tout nus, par exemple, parlaient des langues étrangères, elles, elles fumaient, et avant le dîner ils buvaient du whisky américain), et tes parents aussi, entre eux et avec les autres. Sur les jalousies, les tensions et les distances (il a dû y en avoir), je ne sais rien ; ils n'en ont jamais rien montré à ceux qui n'appartenaient pas à leur sanhédrin hédoniste. Comme s'ils se protégeaient les uns les autres ; comme si tous connaissaient un secret inavouable de chacun d'entre eux et que cela les maintenait unis et mutuellement réceptifs. Et amusants, je le répète. Sans jamais tomber dans l'infantilisme ou le ridicule, ils étaient très amusants et ingénieux ; le rire était comme leur prière tant qu'ils ont été unis. Et des amis venaient de Madrid ou de Barcelone, des États-Unis ou d'Amérique du Sud, des écrivains et des peintres, pour la plupart, et parfois la fille d'un millionnaire ou d'un riche propriétaire terrien d'Amérique centrale. Toutes poétesses ou, plutôt, apprenties poétesses. Il y avait des saisons où elles avaient l'air de sortir de l'arche de Noé, avec leurs manteaux en peau de léopard, leurs petits chapeaux de plumes et leurs perles autour du cou, et eux, avec leurs longues barbes, leurs costumes croisés et leurs espadrilles, ancrés plutôt qu'assis sur la place Gomila, faisant de cette place le centre même de l'univers, visité par Grace Kelly et Rainier, Ava Gardner ou Robert Morley, avec son visage de hibou, observant les filles les plus jeunes. C'étaient des temps heureux (pour eux, ils le furent), même si certains, mais pas eux, portaient un pistolet sous leur veste.

Non, ne me demande pas combien de temps cela a duré, mais cela a duré, cela n'a pas été un caprice d'une ou deux semaines. Ta mère avait l'air de danser quand elle marchait (des jambes superbes, soit dit en passant) et une lumière différente éclairait son visage : c'est le meilleur radar pour détecter les amours illicites, si toutefois l'amour est illicite, ou si l'amour n'est pas toujours et ne doit pas être toujours illicite, et ton père, à vrai dire, il s'en fichait pas mal. Ou c'est l'impression qu'il donnait, toujours tellement *charmant* et empressé avec tout le monde, qu'on le voie ou pas comme un cerf à grande ramure.

Je sais bien que c'est l'écrivain qui t'intéresse… Eh bien il ne venait en ville que de temps en temps (il comptait des amis parmi les médecins et les écrivains) et elle, elle se déplaçait à Madrid ou à Barcelone, là où il se trouvait, à une fréquence de plusieurs semaines. Combien de temps cela a-t-il duré ? Je te l'ai dit, je ne sais pas : deux ans, trois ? Pas plus, je ne crois pas. Peut-être moins. Cela a surtout dû se faire sentir dans les factures de téléphone (l'interurbain coûtait cher) et dans les dépenses de timbres, évidemment. C'est là que leur histoire est consignée. Plus que dans les hôtels ou les maisons de rendez-vous ou d'amis, je crois que c'est dans le ministère des Transports que s'est déroulée leur vie amoureuse. L'amour est toujours dispendieux, tu sais, et eux ils ont été amoureux, aucun doute là-dessus. Ta mère a toujours aimé les artistes. Pour elle, les artistes étaient un monde différent et une expiation de quelque chose, je n'ai jamais réussi à savoir quoi. Et lui, c'était un artiste, mais je persiste à penser que ton père l'était davantage : c'était un véritable artiste de la vie, ton père, et c'est plus difficile qu'écrire ou que peindre, tu peux me croire. Et ton père a toujours voulu revenir auprès de ta mère. Après leur séparation définitive (qui s'est produite à la fin de ce dernier *amour fou* de son côté à elle), il a toujours voulu revenir. Je l'imagine sautant la barrière de votre maison, avec un bouquet de fleurs dans une main et une bouteille de champagne dans l'autre. Il a dû s'imaginer lui-même comme ça, plus d'une fois. Mais quand une femme prend une décision, si c'est une femme qui se respecte, Napoléon n'est rien en comparaison. Personne ne pourra la faire changer d'avis, personne. Et surtout pas celui qui l'a poussée à la prendre. Et ton père, qui connaissait les femmes, le savait bien. C'est pour cette raison qu'il n'a jamais sauté la barrière. Pour cette raison et parce que c'était un chien et il savait aussi qu'il s'échapperait à nouveau. C'est ce qui l'a tenu éloigné, et ce qui vous a préservés. De quoi ? De ce que cela empire, que cela empire vraiment, tu peux me croire. »

Ni la phalangiste ni la comtesse nazie n'étaient comme elle. La première, une girouette qui l'a rendu fou, tantôt oui, tantôt non, tantôt par ici et tantôt par là. Au moins, elle a servi à ce qu'il écrive un bon nombre de poèmes d'amour non consommé. Quelle différence avec l'Américaine de Pedro Salinas, pour mentionner quelqu'un de proche dans le temps. L'Allemande, c'était autre chose. La dimension intellectuelle a joué son rôle, mais là aussi il y a eu quelque chose qui l'a éloigné. La fin était dans l'origine, c'est ce que je me dis, et Ronda a été son Tomis. Même si Ovide était seul à Tomis et pas lui : elle y est allée pour être près de lui. C'est curieux : ma mère disait toujours qu'un écrivain est un bon amant. « Mais seulement en tant qu'amant. Comme mari, c'est un désastre qui finit par t'annuler », ajoutait-elle. Et elle riait. La cohabitation de deux écrivains – et la comtesse l'était en partie –, ça doit être quelque chose de terrible. Elle a été sa maîtresse, probablement plus intelligente que la phalangiste et peut-être plus que la comtesse. Et sans prétention d'écrire, mais sans doute, je suppose, celle d'être écrite. Elle a eu une plus grande capacité d'aimer, c'est certain, et lui, il venait sur l'île pour la voir, je te l'ai dit, environ deux fois par an. Elle a toujours été bien meilleure, et il l'a su avant ce voyage en France, quand ils passaient leurs nuits chez Chicote ou au Pasapoga, je suppose. Il l'a su avant qu'elle monte en France le chercher et que grand-mère Mettez un Peu de Tout lui dise « Profite bien et ne te demande pas si tu fais bien ou mal ». J'ai encore un ou deux livres qu'il lui a dédicacés au cours de ces visites et parfois je regarde les mots et je me dis que les doigts qui les ont tracés, quelques minutes ou quelques heures plus tôt, la caressaient, parcouraient sa peau ou s'introduisaient dans ses orifices humides, et j'éprouve une sorte de fascination hypnotique là où d'autres éprouveraient de la pudeur ou de la gêne, voire un sentiment de rejet ou du dégoût. Et j'embrasse cette écriture, maintenant que ma mère n'est plus là, comme si j'étais son amant italien, se promenant sur le Trastevere et se souvenant de chaque seconde passée avec elle, désirant avoir été là quand il ne l'avait pas été, parce qu'elle ne l'avait pas laissé le faire.

22

Son modèle était D'Annunzio et son Fiume, la guerre civile espagnole. Et l'Allemagne nazie son Walhalla. Seulement quelques années, mais ce fut ainsi. Je me demande qui a été son Eleonora Duse. Ou plus exactement : avec combien de femmes différentes, y compris ma mère, a-t-il composé son Eleonora Duse personnelle ? Et même si leur présence n'a pas coïncidé dans le temps, y a-t-il eu une quelconque rivalité entre la comtesse qui traduisait Rilke et ma mère, qui se traduisait elle-même ? Franges d'une distraction. Probablement la dernière distraction de ce genre dans la vie de ma mère. C'est là que résidait son importance, pas dans le personnage qu'il était, lui dont la voix les faisait toutes tomber amoureuses, lui le séducteur impénitent et un peu masochiste dans sa recherche des sévices. Ceux de Marichu à la chemise bleue, ceux de Podewils à la croix gammée, ceux de Franco – à qui il avait tout donné, depuis Burgos et le quartier général de Salamanque –, Franco à la voix haut perchée et au regard de jais. Il a toujours été celui qu'on abandonnait, qu'on écartait, qu'on oubliait, condamné à l'exil, comme Ovide par Auguste. Avait-il imaginé que tout cela arriverait tandis qu'il admirait le buste de Néfertiti au musée de Berlin, sanglé dans son uniforme noir, tellement adapté à l'apogée du nazisme, au retour de la campagne de Russie ? La beauté de Néfertiti, la beauté de Marichu de la Mora, la beauté de Podewils, la beauté de ma mère, la beauté des uniformes et des défilés et des discours enflammés. Oui, la beauté de l'épopée. Le piège de la beauté et la poésie derrière, qui la camoufle. Épiphanies qui souvent masquent la chute.

Et chez ma mère, la liberté de perdre mon père de vue, dans le dernier express pour Lisbonne ou Shanghai, qu'on appelait alors Shangay, en Espagne. Même si Lisbonne et Shanghai étaient le Sud de la France et l'express, une vieille Volvo rapportée d'Italie par mon père. La certitude qu'il n'y aurait plus de place pour l'amour, que l'amour lui-même pouvait être un simulacre, un adieu à l'amour, vécu comme des retrouvailles, un adieu comme un acte de décès de tous ceux que nous avons été et que nous ne serons plus jamais. Les adieux, une forme d'exil. Et pourtant, l'envie de le vivre et le voyage, les hôtels, les villes de passage, comme le cadre parfait pour la dernière cérémonie d'Éros. Elle n'a jamais rien dit, rien raconté de ce dernier épisode de sa vie, plus important que sa brièveté ne pourrait laisser penser. Et le peu que j'ai appris, je l'ai deviné – peut-être fantasmé – à partir des phrases sibyllines de grand-mère Mettez un Peu de Tout, toujours tellement favorable à ce qui représentait la vie à son apogée. Quand je pense à elle, ce qui vient à mon esprit c'est la fougueuse Ocampo, Victoria – même si les deux Ocampo étaient fougueuses, tout comme les sœurs De la Mora –, quand, lasse d'écouter Ortega pérorer sur tout et n'importe quoi et surtout s'écouter lui-même sans relâche, elle s'est arrêtée dans une allée du jardin et lui a dit en le regardant dans les yeux : « Pourriez-vous cesser de bavarder tout seul, Ortega, pour qu'on baise ici même, derrière la haie ? » Les décisions de ma grand-mère, tellement ressemblantes.

23

« Cela aussi, cela passera », dit-on fréquemment de nos jours. Et on le dit en guise de consolation, alors que la conscience de l'éphémère est la désolation. « Tout passe » est une affirmation qui s'adresse à la douleur et qui est suscitée par elle. Mais si la douleur – tellement intense parfois – finit par passer, il en va de même de son contraire. Et c'est justement pour cela que nous construisons – des maisons, des villes, des couples, des civilisations… –, pour qu'il reste quelque chose et que tout ne passe pas et, de cette façon, que nous ne vivions pas exposés aux intempéries, là où tout s'évapore et disparaît. Nous nous trompons, car même les langues et les civilisations disparaissent, mais cette volonté, erronée ou pas, nous fait tenir bon – du moins le croyons-nous – face au chaos et aux lois de l'entropie. Jusqu'à ce qu'elle nous fasse défaut, et alors surviennent les accidents fatals, les catastrophes, les révolutions, les changements drastiques et inattendus. Ceux qui découlent d'un adultère, par exemple, l'installation de la défiance comme un poison et la possibilité illusoire d'autres vies comme antidote.

Quand mon père est entré à la clinique pour la deuxième et dernière fois, il m'a à nouveau parlé de l'oubli et de l'impossible oubli de soi-même. « Celui que tu es, c'est ton destin, et ton destin sera celui que tu es ; un point c'est tout », disait-il souvent. Mais plus à la clinique. À la clinique, il regardait la ville depuis sa fenêtre comme le marin qui arrive au port et qui sait qu'il ne s'embarquera plus jamais. Perplexe devant la conscience de son dernier décor, loin de la mer. Pour mon père, la mer débouchait sur une nouvelle maîtresse, une histoire qui finirait mal, et le destin de mon père était justement qu'aucune histoire ne finissait bien.

« Sauf ta mère, vois-tu, et elle n'est pas là maintenant. Si elle était restée à mes côtés, peut-être que je ne serais pas en train de mourir. Ne fais pas cette tête. La dernière fois que je suis entré à l'hôpital, quand on m'a opéré, ils m'ont dit qu'ils ne pouvaient rien me promettre, mais que s'ils me posaient une poche pour les selles je vivrais mieux et plus longtemps. Je leur ai dit pas question, qu'ils se gardent bien de me mettre cette cochonnerie. Si la mort doit venir, qu'elle vienne, mais qu'elle me trouve entier, ai-je dit aux médecins. Je te demande un peu, comment coucher avec une femme si ta merde pend sur le côté : ni ici ni dans le Pernambouc. Je le leur ai interdit et me voici : je n'ai pas tenu un an. Trois femmes : voilà la véritable mesure du sursis ; j'ai couché avec trois femmes. Seulement trois, et celle qui attend derrière la porte le moment où je baisserai la garde, sans poche sur le côté. Si ta mère était restée avec moi, j'aurais accepté la poche et j'aurais encore quelques années devant moi. Mais elle avait déjà pris sa décision : un mariage victorien, c'est bon pour l'époque de la reine Victoria ; même l'économie n'est pas un mortier assez solide pour faire tenir notre histoire, qui part en morceaux. Et quand elle a dit ça, j'ai su que je ne la verrais plus jamais à côté de moi. Quelle idiotie, n'est-ce pas ? J'aurais espéré d'autres mots, un autre message d'adieu, qui aurait sauvé tout ce qu'il y avait eu de bon, c'est-à-dire beaucoup. Eh bien non : économie, mortier, décombres et style victorien ; et tu peux pourrir sur place. Et je suis là, à pourrir de l'intérieur. Elle ne saura jamais que j'ai quitté toutes les autres pour elle. Mes liaisons n'ont jamais duré longtemps, parce qu'elle était toujours derrière. À vrai dire, j'ai toujours eu les liaisons que j'ai eues parce qu'elle était là, derrière. D'une certaine façon, sa présence (la savoir à la maison ou n'importe où, mais la savoir avec moi) me préparait à l'avenir, au moment (qui arrivait plus vite à chaque nouvelle femme) où je ne nous supporterais plus, ni moi, ni encore moins elles. Il suffisait de l'intonation d'une phrase, d'une mièvrerie inopportune, d'un abandon à contretemps, d'un caprice soudain, n'importe quoi… Et pis encore, l'irruption, dans la conversation, des enfants, du mari ou d'un amant occasionnel… Alors, j'avais besoin de fuir, et alors ta mère était là ; d'elle seulement, j'ai supporté sans aucune difficulté ce que je ne supportais pas des autres… Seulement de ta mère, et tu vois le résultat : elle m'a laissé tomber. À la fin, elle m'a complètement laissé tomber. Elle ne m'ouvrait même pas la porte. Elle m'a laissé planté au beau milieu de la rue, un superbe bouquet de pivoines dans les bras : trente pivoines, une par année de mariage, devant la grille du jardin, comme si j'étais un rôdeur ou un cambrioleur de bas étage. Il ne me restait même plus la solution de l'oubli ; avec toutes ces années de vie commune, l'oubli était impossible. Ta mère et moi, nous avions vécu ensemble toutes sortes de choses, y compris une guerre, et nous avions survécu à tout. Elle n'en a pas tenu compte ; ou peut-être que si, mais sa propre survie a pesé davantage dans la balance, j'imagine. Pour ma part, je n'ai même pas essayé d'oublier, même si le souvenir n'était plus que de la douleur. Les maîtresses occasionnelles s'estompent : il reste la mémoire d'une expression, de quelques mots, de chambres finalement interchangeables. Il reste un jour de brouillard, avec le soleil derrière qui tente de le percer : la lumière Turner... Il reste une certaine conscience de la satisfaction, la musique des orgasmes, le regard qui devient eau, tout cela reste comme un héritage ; mais tout cela se change en un plaisir intransitif ; son revers, c'est l'âpreté du manque de compagnie. Tant que j'ai été avec ta mère, cette âpreté m'a été étrangère. Même si je n'étais pas avec elle physiquement. Je donnerais n'importe quoi pour oublier ; qu'elle entre par cette porte et que j'oublie... »

Je n'ai jamais su quand mon père jouait un rôle, qu'il ait cru ou pas à ce qu'il disait. Tout séducteur est un peu cabotin et menteur, et mon père a été un séducteur invétéré et inexcusable, même s'il était convaincu du contraire. En me souvenant de ces jours de clinique et de ceux qui viendraient plus tard, avec Miriam, j'ai pensé qu'avec la perte du langage amoureux il se passait le contraire de ce qu'il disait à propos de l'impossibilité d'oublier, dans le mariage. Le contraire, par malheur. Je veux parler du langage de la complicité érotique. Son enracinement dans la mémoire finit par s'estomper avec le temps. Comme le souvenir de son intensité, quand nous ne savons plus, ne saurons plus, où se trouve la personne qui l'a provoquée. De ce qui paraissait indélébile, il ne restera qu'une trace, de plus en plus pâle, oui, la lumière Turner…

Des trois langages de la vie d'un individu – le familier (Natalia Ginzburg a intitulé un de ses meilleurs livres *Lessico famigliare*), la voix personnelle et le langage d'Éros –, le dernier aura été le plus intense et le plus bref, même s'il a duré très longtemps. Que nous reste-t-il quand la personne désirée disparaît et que la fertilité de son imagination et de la nôtre est devenue stérile, plongée dans le silence ? Des mots qui ont perdu leur sens le plus profond et leur éclat, comme le flux rend le gland luisant ; tel était l'éclat de la passion avec les mots, telle était la splendeur des mots dans la passion. Le langage devient éblouissant et humide ; l'obscénité devient ce qu'elle n'a jamais été auparavant et la complicité s'incline devant l'absolu, car les mots et leurs échos secrets, maintenant partagés comme l'image dans un miroir, fusionnent les amants à la nature de la Terre et des astres, à la respiration de la

Terre et des astres. Joyce a partagé cette forme de langage avec Nora Barnacle et cela se perçoit dans leurs lettres, aussi frustes soient-elles ; Jung, avec Sabina Spielrein, et il y a les coups de fouet ; Jünger avec Sophie Ravoux, j'en suis convaincu ; et Gainsbourg avec Birkin. Moi, cela m'est arrivé avec Miriam, experte et sorcière en ce langage. Un autre dirait peut-être : pour l'instant. Je sais que c'est pour toujours. Le langage comme zénith de soi-même.

– Je suis sortie dans la rue pour te chercher ; je ne portais pas de sous-vêtements et j'étais trempée.

La langue a été à nous dans sa totalité, comme cela se produit dans l'écriture quand elle est de l'art, mais d'une façon que même l'écriture ne peut égaler. Une langue dionysiaque enrichie par l'expérience et les carences et les désirs que l'une et les autres suscitent, une langue qui se déchaîne mais tout à la fois que la raison bride, raffine et pervertit. La langue dans son excellence absolue : une langue cochonne, une langue en bandaison, une langue impure. Et la lumière aveuglante de sa distillation, qui isole les amants du monde et en même temps leur accorde ses dons les plus secrets, invisibles au regard de qui n'a pas connu cette lumière et ignore que dans sa *morbidezza* se cache la réponse à n'importe quelle énigme.

C'est pourquoi j'ai continué à parler dans le vide quand Miriam a disparu. Comme si le dialogue amoureux était une corde tendue à une extrémité, tendue tant que les mots ne manquent pas, et cette tension provoquerait la même chose à l'autre extrémité, comme la main tend le phallus par ses caresses. Les mots comme des caresses sexuelles et de l'autre côté le silence, sans personne pour tenir la corde lovée et abandonnée sur le sol ; sans personne pour la tendre. Et pourtant, tu continues à parler comme si elle était là.

Mon père ne parlait pas et en même temps il parlait sans cesse, installé dans une recherche à perpétuité de la Grande Émotion. Ma mère le lui a permis jusqu'à ce qu'elle se retrouve, du fait de cette quête, éloignée de lui et sans possibilité de retour, et ni les manteaux de fourrure, ni les bijoux, ni les voyages n'ont été autre chose que l'envers de la trahison. Alors elle a dit adieu et n'a plus rien dit. Elle ne lui a plus jamais rien dit.

24

Cette sorte d'amour contient sa fin à l'intérieur, comme une larve qui engloutit le corps (animal ou végétal) encore vivant. L'intensité de son existence est un signal et prévient et annonce son impossibilité, et la décadence qui précède la chute – le processus de cannibalisme érotique – n'est que la confirmation de cet amour, sa volonté de ne pas mourir, de disparaître sans mourir. Lazare qui retourne dans sa tombe après avoir survécu au miracle, incapable cependant de vivre ce miracle quand il cesse d'en être un. Ce genre d'amour, pour continuer à en être un, ne peut pas tomber dans l'ennui et l'ordre quotidien, parce qu'il est en soi un mystère contre le temps et l'ordre et l'avoir vécu se paie au prix fort. Ce prix, c'est précisément son impossibilité, et lorsqu'on entrevoit la première ombre, il éclate de toute sa force et régit le destin des amants centrifuges par sa force centripète. « *Lovers come and lovers go* », chante Kevin Ayers, comme s'il n'était pas concerné. C'est la raison pour laquelle Catherine Walston ne s'est jamais séparée de son mari, de même que la comtesse Podewils ou Jünger – le seul homme parmi ces femmes ; Sophie Ravoux serait partie avec lui – ou la maîtresse de Ian Fleming, Maud Russell. (Une juive et trois aristocrates ; un officier de la Wehrmacht et trois écrivains *middle-class*.) C'est aussi la raison, je suppose, pour laquelle mes parents non plus ne l'ont pas fait, même si, depuis des années, leur vie ressemblait à celle d'un couple séparé. Une partie de mah-jong dans une maison vide. Le bruit des dominos claquant sur la table.

L'autre jour, j'ai lu deux phrases d'une amante, adressées à son aimé. Dans la première, elle annonçait – par écrit – la fin de l'histoire. Et elle le faisait avec une nuance précise et impeccable. Elle lui dit qu'elle sait qu'il ne va pas assister à la fête de leur amie X, la propriétaire de la maison où ils se sont toujours retrouvés. Et elle ajoute : « Je ne suis plus dangereuse. » Je ne suis plus dangereuse : la perte de cette dangerosité – qui est risque, tension et plénitude de la jouissance – comme Grand Symptôme. Mais cinq ans plus tard ils parlent au téléphone et elle lui écrit peu après avoir raccroché : « En entendant à nouveau ta voix, j'ai été toute remuée à l'intérieur. » Il est facile d'imaginer ses pas inquiets dans la maison, avant qu'elle se décide à prendre un stylo et une feuille de papier. Quiconque n'a pas aimé ignore ce que c'est que cela : le pouvoir d'une voix et le combat impossible, la reddition obligatoire, la pénitence ultérieure. Tout s'effondre devant cette voix et personne ne peut le comprendre si ce « personne » ne l'a pas vécu lui-même. « Je suis personne », dit Ulysse à Polyphème, et devant cette voix ou ce regard, nous sommes tous personne et nous n'aspirons qu'à habiter le néant. Là où nul autre ne peut accéder et où nous sommes seuls tous les deux.

VII

ADIEU À TOUT CELA

Cette semaine, j'ai reçu un livre de poèmes que j'avais commandé à cause de la beauté de son titre : *The Shanghai Owner of the Bonsai Shop*. La traduction est ambiguë, comme l'est la traduction du sentiment amoureux : *Le propriétaire à Shanghai d'un magasin de bonsaïs*. Ou mieux, *Le propriétaire d'un magasin de bonsaïs de Shanghai* ? Je parcourais les poèmes tout en pensant au commerce de plumes et de peaux africaines au Moyen Âge. Des caprices, oui. Les temps morts – et à l'université nous avons plus de temps morts que de temps vivants, c'est pourquoi il y a autant de désordre sexuel, comme dans les salles de garde des hôpitaux – ont cet effet : on finit par penser aux cales des bateaux remplies de peaux de léopard et de plumes de héron et de grue royale. Le commerce passait par ma ville, les bateaux faisaient escale ici dans leur périple vers l'Italie, la France et la Turquie. C'étaient des bateaux d'ornements orientalistes – c'est pourquoi je le sais – qui se dirigeaient vers l'Orient et l'Occident, pour que le premier leur donne un usage que le second adopterait ensuite. Comme l'amour, ai-je pensé, quand il t'attrape dans le dernier tiers de ta vie. Dans la jeunesse, tu sais que l'amour et Éros sont inépuisables, que la jouissance et la souffrance que tu éprouves, tu les ressentiras à nouveau avec d'autres personnes. Plus encore : qu'avec quelqu'un que tu ne connais pas, il pourrait t'arriver la même chose si tu l'avais connu, même si tu te leurres et crois que l'objet concret que tu as entre les mains est capable de te transporter au paradis et en enfer et au purgatoire sans issue s'il s'absente. Le temps est encore infini et cette sensation, ce serait l'Occident. Quand tu vieillis, c'est autre chose. Quand tu vieillis, tu es en Orient, comme les plumes d'autruche arrivées à destination. Maintenant, tu sais que c'est elle qui provoque ce que tu ressens, tu te moques de la littérarisation égocentrique de la psychanalyse et tu sais que la vie te réserve la dernière traversée du désert. C'est pourquoi, sur le chemin, tu ramasses des plumes – et ce ne sont pas des plumes d'autruche mais de moineau ou de chardonneret –, des pierres – et ce ne sont pas des pierres précieuses, mais de la simple calcite –, des morceaux de bois – et c'est de l'écorce de pin, pas du santal ou de l'acajou – et tu engranges chaque instant, chaque souvenir comme un homme face au vide. Parce que c'est ce que tu es, un homme face au vide, et ce que tu as ramassé, c'est ton contrepoids : l'esprit du roman que tu ne pourras jamais écrire.

L'Anglais a quitté l'hôtel sans rien dire. Dans mon casier, il y avait une enveloppe avec une carte par laquelle il prend congé comme qui dirait à l'anglaise et des photocopies : lettres, cartes postales, photos, la confirmation documentaire du passage de Natacha Rambova par Majorque. « Des souvenirs différents de ceux que vous vendez », avait-il écrit dans une marge. Objectif atteint, ai-je pensé, au moins quelqu'un est parvenu à ses fins.

Tout en feuilletant ces photocopies, je me suis dit que la solution d'une énigme renferme soit une autre énigme, soit la solution d'une autre encore, dont nous n'avions même pas soupçonné l'existence. C'était là : ce n'était la solution de rien, mais c'était plus que ce que je pouvais attendre. Au milieu d'images de peinture chinoise et de gravure japonaise, de silhouettes égyptiennes et de hiéroglyphes pleins de canards et de crocodiles, il y avait deux choses qui étaient là pour moi ; seulement deux. L'une était la photo d'une aquarelle : une tête de guépard. La photo avait été prise dans la maison que Mme Rambova s'était fait construire près de la mer : « Ca Na Tacha ». Mon père avait acheté ce guépard à un antiquaire qui avait combattu avec lui pendant la guerre civile, sur le front du Guadarrama. Cette aquarelle est depuis de nombreuses années dans le salon de notre maison, comme un message, je le sais maintenant, de ce grand monde de Rambova et Pola Negri et l'artiste chinoise Mai-Mai Sze et Beltrán Masses, qui a fait escale dans l'île et dont la guerre civile a effacé les traces.

L'autre était une enveloppe, plus petite, qui contenait une lettre de Miriam Lasa :

« Le soleil s'est levé, *mein Schatz*, un soleil pâle, nacré, sibérien, comme la peau de l'aisselle d'une femme aimée. Je sais que nous ne nous verrons plus ; ou si, je te verrai de loin, un jour, mais tu ne me verras pas. Tu ne sauras plus voir ce que nous avons vécu ensemble. Je serai dans ta ville et en même temps je n'y serai pas. Ai-je été ta Sophie Ravoux ? Tout ce qui nous est arrivé, c'est arrivé il y a très longtemps et cela arrive en ce moment même et cela arrivera toujours : c'est le mystère de la passion. Mais toi, tu continueras à vivre dans tes papiers, dans tes livres et tes images, à la lueur des bougies, comme un moine orthodoxe retiré du monde, et un jour, quand le temps qui n'a pas existé pour nous sera passé, tu croiseras mon chemin et tu ne sauras pas qui je suis. Ou tu le sauras, mais tu me confondras avec n'importe quelle autre. »

La lettre était datée de deux mois plus tôt, et cela faisait deux mois que je ne savais rien de Miriam, ni de ma femme. Quelle place occupe l'autre amour, celui de la vie ordonnée et de la loyauté, cet amour qui bénit les jours, qui est profond et complet et incompréhensible dans sa durée, comme aucun autre ? Et si le roman qui ne peut pas être écrit était justement celui de l'amour quotidien, car les canons amoureux que nous avons inventés en Occident ne lui laissent aucune place hormis celle qui est en rapport avec la perte de la passion ? Parce que ce genre d'amour n'est plus alimenté par la littérature, il ne lui suffit plus et ces mêmes canons, qui ont provoqué sa naissance, le changent à jamais en pâle substitut, condamné à la mélancolie de celui qui n'a pas et n'est pas ce qu'il désire (et c'est un autre mirage). C'est du moins ce que nous raconte aussi la littérature – la meilleure *summa theologiae* sur l'amour et sa fiction –, et pas seulement *Madame Bovary*.

Mais il y avait davantage. Dans toute cette iconographie rambovienne transmise par l'Anglais il y avait – bien visible – le chemin à suivre dans cette nouvelle traversée du désert. Toute écriture est en une, et en arrivant au caravansérail tu sais qu'une autre s'annonce. De la même façon que l'amour a toujours poursuivi mon père et marqué le rythme de la vie de ma mère. Le désert et l'amour. J'ai pensé au colonel T. E. Lawrence, mais une fois de plus c'étaient mes parents qui étaient là et pas moi. Alors j'ai pensé à Pierre Loti, comme s'il existait un rapport secret entre l'écrivain français, le peintre Beltrán Masses et Mme Rambova. Comme si, chez Loti et dans une nouvelle énigme, il y avait la vie qui m'attendait quand je partirais, comme l'Anglais, de ce vieux couvent bénédictin transformé en hôtel. L'Orient. Rambova est partie pour l'Égypte et a converti l'amour des vivants en amour des morts embaumés. Graham Greene est parti pour l'Indochine quand il a su que Catherine Walston ne quitterait jamais son mari. Il s'est installé dans une maison art déco de Hanoi, la fuyant, et il a commencé à fumer de l'opium. Là, il a écrit *Un Américain bien tranquille*. Mais c'est dans *La Fin d'une liaison* que se cachent, bien en vue, le bonheur et les tourments de sa passion amoureuse. Il faudrait que je goûte à l'opium et que je finisse en propriétaire d'un magasin de bonsaïs à Shanghai, loin de tout ce que j'ai aimé, ce mensonge que nous construisons en franchissant les derniers ponts du Moyen Âge de l'homme. Loin de tout, quand nous ne savons même plus être loin de nous-même…

« Un soleil pâle, nacré comme la peau de l'aisselle… » Ces mots, je les avais lus avant, et au bout d'un moment je me suis rappelé où je les avais lus. Ces mots se trouvaient dans un des articles de Paolo Zava, celui qui traitait de l'érotisme dans la peinture de Bronzino. Lasa et Zava, Zava et Lasa… Pendant un instant, l'idée m'a traversé l'esprit que Miriam pouvait être la petite-fille de Paolo Zava, qui avait déjà une fille d'un premier mariage quand il a rencontré ma mère à Budapest… Une petite-fille de Zava et le renouvellement du rituel, des décennies plus tard. Trop recherché. Comme les titres de ses livres, ceux qui se trouvaient dans la bibliothèque de la maison, dédicacés à ma mère : *L'Orientalismo italiano*, *La Pittura* « pompier », *Il Sogno d'Oriente*, *Iconologia copta a l'Etiopia*…

Plusieurs semaines après mon retour de Beyrouth – où j'étais allé, à l'invitation du professeur Majdalani, donner un cours sur l'orientalisme européen (je l'ai intitulé « En marge d'Edward Said ») –, un soir, je l'ai vue sous la lumière pâle de la caisse du cinéma Siracusa, et j'ai à peine eu le temps de penser au hasard et aux noms. C'était elle. Ou elle lui ressemblait beaucoup. Je me suis souvenu de ses mots d'un après-midi lointain : « Je serai le meilleur fantôme de ta vie et c'est seulement pour toi que j'aurai été ce que je suis :

la petite fille qui veut qu'on l'encule ou la femme qui meurt en jouissant, et je dois être ce que tu désires parce que c'est dans ton désir que je suis vivante. Plus que jamais et seulement en lui je suis vivante. Après tout sera différent et l'un comme l'autre, nous ne serons plus les mêmes. Nous ne pourrons jamais l'être. Nous ne pourrons même pas retourner à l'endroit où nous avons été ensemble comme nous n'avions jamais été avec personne. Je serai une maison fermée, professeur, et le temps la minera lentement jusqu'à ce qu'elle disparaisse. Notre mémoire et notre corps seront sa tombe. »

Nerveux, j'ai pris la première rue de traverse et me suis garé où j'ai pu. Je n'ai même pas fermé la voiture à clef : je suis sorti en courant comme si j'arrivais en retard à la projection d'un film sur ma vie. J'ai pensé que c'était la clef : que dans toutes mes histoires j'étais toujours arrivé en retard parce que je vivais dans un lieu du temps où il était trop tard, où il n'y avait que le temps d'arriver en retard ou de ne pas arriver. Tandis que je courais, je fus assailli par une photo de son épaule, qu'elle m'avait envoyée des années plus tôt : une photo sans visage, comme toutes ses photos, installée maintenant en quelque endroit au fond de mon esprit. Une fois, elle m'avait envoyé une photo d'elle en buste, souriante, et je ne l'ai pas reconnue : je ne l'ai pas vue sur cette photo et son visage n'était pas son visage, mais un visage qui lui ressemblait, mais c'était sans doute son visage réel et celui que j'évoque était – est – un visage imaginaire. Construit avec ses traits à partir de fragments, mais imaginaire et imaginé seulement par moi.

Quand je suis arrivé à la caisse du cinéma Siracusa, il y avait une autre femme qui ne lui ressemblait que par les cheveux, très longs et aux pointes bouclées. Je me suis approché de l'aquarium de lumière blafarde et je lui ai demandé :

– Il y a longtemps que vous êtes là ?

– Autant qu'il m'en reste avant de partir. J'ai pris mon service il y a deux heures.

J'ai dû faire la tête de quelqu'un dont la pression sanguine a chuté brutalement, parce qu'elle m'a aussitôt demandé :

– Ça ne va pas ? Vous vous sentez bien ?

En lui tournant le dos, j'ai dit : non, à vrai dire, je ne me sens pas bien. Je me sens comme si je venais d'arriver de Syracuse.

Le hasard et les noms, oui. Platon a dû fuir Syracuse, sous la menace du tyran Denys qui allait l'emprisonner et faire de lui un esclave, à cause de ses idées, les mêmes qui n'avaient pas été bien reçues à Athènes. Comme moi maintenant, ai-je pensé, esclave à jamais du désordre amoureux de Dionysos.

Et du silence. Le silence comme une musique où nous cherchons un accord inaudible, parce qu'il n'existe pas. Le fait qu'il ait existé avant l'empêche d'exister maintenant : telle est – et nulle autre – l'essence de la passion quand l'un de ses protagonistes disparaît. Cela, et la poursuite obsessionnelle de ce silence, de cette musique et de cette partition vides, d'un son et d'un papier blancs, comme quelqu'un qui nie s'être retrouvé seul et qui parle et parle et parle, dans l'espoir que ses mots rattraperont la personne qui n'est plus à ses côtés. Ou qu'au moins elle les entendra et saura qu'ils existent. Qu'elle ne se sente pas sauve de ce qui l'a captivée. Qu'elle sache, aussi, qu'elle existe et demeure tant que ces mots existent et demeurent. Et que l'étrange consolation de les prononcer soit la confirmation d'une douleur qui ne tue pas mais qui ne s'en va pas, une maladie chronique qui doit accompagner toute la vie, comme la démangeaison des cicatrices quand le temps change, et la certitude que tous les jours le temps changera plusieurs fois, dans le seul but d'empêcher la négligence, la distraction ou le plus petit oubli de n'importe quel fragment du dialogue amoureux. Qui continue, monologue maintenant, dans l'immensité de l'écho et sa chambre d'accords inaudibles.

Palma – Port de Valldemossa – Bordeaux – Palma
été 2015 – printemps 2018

Note

Une partie de ce roman a été écrite grâce à une bourse de l'ÉCLA, agence culturelle de la région Nouvelle-Aquitaine, à l'obtention de laquelle mon éditeur bordelais – et ami – Olivier Desmettre n'a pas été étranger. Cette bourse comprenait une résidence dans une maison du quartier de Saint-Seurin, à Bordeaux, et j'ai vécu là comme j'aurais pu vivre ma vie si elle avait été autre. Elle était toute proche de l'endroit où Mercè Rodoreda a passé les premières années de son exil.

Les détails sur Jaufré Rudel et *l'amour de loin*, du chapitre 5 de la partie VI, sont le fruit d'une conversation avec le professeur Pascal Sarpoulet dans le restaurant Le Scopitone à Bordeaux. Les notes du travail sur Jünger (chapitre 9 de la partie VI) proviennent autant de mon ancienne et constante lecture de *Radiations* que du livre de Julien Hervier, *Ernst Jünger : dans les tempêtes du siècle*. Les fragments de la correspondance érotique du tsar Alexandre II et de sa maîtresse Ekaterina Dolgoroukaya sont tirés de l'essai de Simon Sebag Montefiore, *Les Romanov : 1613-1918*.

À Helena et à eux tous, ma gratitude.

Ouvrage réalisé
par l'atelier graphique Actes Sud
Achevé d'imprimer
sur Roto-Page
en décembre 2021
par l'Imprimerie Floch
à Mayenne
pour le compte des éditions Actes Sud
le Méjan, Place Nina-Berberova
13200 Arles

Dépôt légal 1re édition : janvier 2022
N° impr. : 99591
(Imprimé en France)